U0935027

[法] 伊莲娜 · 格莱米永 著
魏舒 译

译林出版社

图书在版编目(CIP)数据

谜情书/(法)格莱米永著;魏舒译. —南京:译林出版社,2012.11
ISBN 978-7-5447-3222-2

Ⅰ.①谜… Ⅱ.①格… ②魏… Ⅲ.①长篇小说-法国-现代 Ⅳ.①I565.45

中国版本图书馆 CIP 数据核字(2012)第 207213 号

Le Confident by Hélène Grémillon

Simplified Chinese language edition published in agreement with Editions Plon through The Grayhawk Agency

Cet ouvrage a bénéficié du soutien des Programmes d'aide à la publication de l'Institut français.
该作品由法兰西协会出版资助计划赞助出版。

书　　名　谜情书
作　　者　[法国]伊莲娜·格莱米永
译　　者　魏　舒
责任编辑　宋　旸
原文出版　Editions Plon, 2010
出版发行　凤凰出版传媒股份有限公司
　　　　　译林出版社
出版社地址　南京市湖南路1号A楼,邮编:210009
电子邮箱　yilin@yilin.com
出版社网址　http://www.yilin.com
经　　销　凤凰出版传媒股份有限公司
印　　刷　江苏凤凰扬州鑫华印刷有限公司
开　　本　880 毫米×1230 毫米　1/32
印　　张　8.125
插　　页　2
字　　数　154 千
版　　次　2012 年 11 月第 1 版　2012 年 11 月第 1 次印刷
书　　号　ISBN 978-7-5447-3222-2
定　　价　24.00 元
　　　　　译林版图书若有印装错误可向出版社调换
　　　　　(电话:025-83658316)

往事披上
铁甲
用如絮的风
堵住耳朵。
再无人能夺走它的
秘密。

——《预感》
费德里戈·加西亚·洛尔卡

巴黎 1975 年

这天，我收到一封信，很长，但没有署名。我很意外，平常不怎么收到信。信箱里塞的都是些印着“海水温热”、“雪场一流”的广告，所以我根本懒得打开它。我通常每星期看一次邮箱，但心情不好时会看两次，盼着有封信来搅乱我的生活，就像等待电话，期待地铁之旅，闭上眼睛数到十再睁开时的期盼一样。

然后妈妈死了。于是，我溃不成军。母亲的死，很难有比这更能扰乱人生活的了。

之前我从没读过吊唁信。父亲去世的时候，都是母亲在看那些阴森森的信。她只给我看了召见我们接受勋章的那封。我还清楚地记得那个该死的仪式，那时我十三岁刚过三天：有个高个子同我握手，他笑了笑，可我觉得他不过是应付地咧开嘴角。他是个歪嘴，说话时更明显。

“令尊英勇献身，我为他的离世深感惋惜，小姐，您的父亲是位勇士。”

“您是不是对所有烈士遗孤都说了同样的话？您认为自豪感能缓解他们的悲伤。我知道您是一片好意，可您还是省省吧，我一点儿也不伤心。更何况我的父亲也不是什么勇士。每天酗酒也没能壮大他的胆。瞧，您弄错人了，别再说了。”

“维纳小姐，也许您对此深感意外，可我还是要向您保证，我刚才所提到的那个人就是令尊，维纳中士。他明知前方地雷密布，依然自告奋勇为部队开路。不管您领不领情，令尊都应享有这份荣誉，您一定得接受这枚勋章。”

“歪嘴蠢货，我父亲有什么‘荣誉’可言，他是自杀的，您可得告诉我母亲。我不想变成唯一知道真相的人，我要告诉她，也告诉皮埃尔。一位父亲自杀，不该成为秘密。”

我常常编造对白，把心里话都说出来，现在说这些为时已晚，可还是让我轻松不少。其实，我根本没有参加那次越战阵亡士兵悼念仪式，其实，我只对一个人说过我确信父亲是自杀的，那个人就是我母亲，那是一个星期六，在厨房里。

每个星期六我们家都要吃薯条，我会帮母亲削土豆皮，从前都是父亲削的。他爱削皮，而我爱在一旁看他削。他干活时，话茬就断了，好在至少还有削皮声，这让人自在些。卡米耶，你知道爸爸爱你。他的刀每划过土豆一次，这句话就在我耳膜上敲一遍，永远是同一句：卡米耶，你知道爸爸爱你。

可是那天，轮到我削皮的时候，这句话却变成了：“爸爸是自杀的，你知道，不是吗，妈妈？爸爸是自杀的。”薯条机突然坠地，咣当一声，地砖碎了，洒出来的油在妈妈静立的双腿间漫溢。我疯了似的不停地擦，可无济于事，几天后脚还是会被黏住，这让我的话在我们的耳畔吱嘎作响：“爸爸是自杀的，你知道，不是吗，妈妈？爸爸是自杀的。”我和皮埃尔提高说话的嗓门，想把这句话赶走，也许还想掩盖妈妈的沉默，那个星期六之后，她几乎再没说过一句话。

今天，厨房的地砖依然是碎的，上星期我带一对有意买房的夫妇参观母亲的寓所时，还考虑到这道伤口。我想象着，如果他们最终买下房子，等到某天发现了地砖上这条长长的裂痕时，肯定会责怪老房主对房子的漫不经心，于是换地砖便会成为他们翻新房屋的第一步，并且乐此不疲。这样也好，我寒碜的兜售至少有此效果。他们必须买下房子，是他们买还是别的谁买，这我不管，但必须得有人买下它。我不想留它，皮埃尔也不想，遗落在这儿的最微不足道的回忆都会让人想起死去的人，这不是活人住的地方。

她从授奖仪式回来后，给我看了那枚勋章，告诉我授勋的那个家伙是个歪嘴，她试着学他的样子笑了笑。父亲去世后，她就只会“试着”去做所有的事情了。然后，她把勋章交给我，紧紧攥住我的手，说它本来就该归我，然后她嚎啕大哭，这一回，她总算哭了出来。眼泪滴在我的手上，我猛然把手缩回来，用身体感受母亲的痛苦，我承受不起。

我刚开始读吊唁信，泪珠就止不住滚落在手上，母亲彼时的眼泪霎时间浮现在眼前，我任泪水在手上恣意留下痕迹，一心只想回味那个我深爱的人的眼泪曾经怎样滑过我的手。这些信里写了什么，不用看都知道：您的母亲如此杰出，这般珍贵的人离开我们是如此巨大的难以弥补的损失，没有哪次葬礼比这一次更让人悲痛欲绝，诸如此类，读都不用读。每晚，我把这些信封分装在两只盒子里，右边放留下姓名的，左边放匿名的，我只需打开右边的盒子，直接跳到末尾的签名，看看哪些人给我写了信，哪些人是我要致谢的。可直到最后，我也没能感谢多少人，根本不会有人逼着我去一一道谢，因为“死亡”这个字眼早已为我免去了一切繁文缛节。

我收到的第一封路易的来信是放在左边那一打里的。还没拆开信，我就注意到了这只信封。它比其他信封要厚得多，也重得多。它一点儿也不符合吊唁信的格式。

这是一封手写的信，有好多页，没有署名。

安妮从来都是我生命的一部分，她出生的那天，我两岁，两岁差几天。我们都住在一个叫作N的小村庄里，在学校、散步的路上和做弥撒的教堂里，我常常会不经意地遇见她。

做弥撒实在是太可怕了，我总是被夹在父母中间，忍受反复上演的老一套。从大家在教堂里坐的位置就能看出每个人的心情：最惬意的那些身边总是坐着兄弟姐妹，而最别扭不安的都是被摁在父母中间的。当初全村人没怎么商量就定下做弥撒这个村规。安妮看起来像个局外人，小可怜一个，她是家里的独生女，我叫她“小可怜”是因为她总是为此抱怨不停。她出生那会儿父母都上了年纪，能生下她已经是天大的奇迹，在这之前，没有哪一天他们不念叨着“我们仨”，可此刻的安妮却更想听到“我们四个”、“我们五个”、“我们六个”……每做一次弥撒都会让她愈发清醒地意识到自己身处何种境地：孤苦伶仃地被遗落在长椅上。

而我，我现在之所以能把烦恼看成是滋养想象的沃土，是因为那个时候我就已经知道弥撒是助长烦恼的粪肥。我从没想过有一天在自己身上会发生点什么。直到那个星期天。

就在我刚刚唱了开篇的时候，忽然觉得非常不舒服。祭坛、管风琴，还有钉在十字架上的耶稣，眼前的一切都摇晃了起来。

“路易，别再这么叹气啦，现在整个教堂就只听见你一个人的声音。”

妈妈的警告，还有这翻腾不止的折磨，让那个深藏在脑海中的句子忽然探出了头，那是一天晚上爸爸低声对着妈妈的耳朵眼说的：

“方丹神父咽下最后一口气了。”

我父亲做过医生，他通晓宣布死亡的所有说法。他把这些话轮着用，贴在母亲耳边轻吟给她听。而我呢，像其他的小孩子一样，有能听见大人之间窃窃私语的特异功能，于是，父亲说的话也都吹进了我的耳朵：“合眼”，“蹬腿儿”，“归天”，“寿终正寝”……最后那个最讨我喜欢，因为我猜这种死法痛苦最小。

我是不是也快要死了呢？

无论如何，人在没死之前都不可能知道死到底是怎么一回事。

我的下一口气会不会正好就是最后一口呢？我惊恐万分，呼吸也僵住了，我转身到圣罗西的圣像前做了祷告，他抚平了我的恐惧，他可以救我。

接下来的那个星期天，我拒绝去做弥撒，我以为自己死定了。可是，当我重新坐回那张每个星期天都和家人挤在一起的长椅上时，不适感竟然都消失了，反而有种愉悦徐徐侵入身体，专属于这座教堂的木头馨香也再次扑鼻而来，我欣喜若狂地发现一切都还是老样子。我的目光也终于回归了它的属地——安妮和她那遮住整张脸的秀发。一瞬间，我全明白了，原来那个星期突然病入膏肓，全是因为安妮不在眼前。

安妮那天肯定躺在自己的床上，将一只手套搭在额头上以减轻痉挛，要么就是一直在画画，没有太大的动静。她患了很严重的哮喘病，但大家却都很羡慕，觉得她能因此躲过不少烦心事。

此刻，她那因阵阵轻咳而微颤的身影填满了我的视线，仿佛这世间的一切都是为了描述她。她唱起歌来了，其实，她并非那种天生就快乐的女孩子，可每次只要管风琴声一起，她就立刻抖擞起精神，挺起小小的胸膛，每当我偷偷看到这一幕时，总要暗自惊叹一番。那时候，我还不明白，其实无论心情怎样，哪怕是忧郁愁苦，人都是可以歌唱的，就像随时随地都能微笑一样。

大部分人都会对某个人一见钟情，而我则是爱情的叛徒。当安妮扎根在我的生命里时，她还没有拥有我的爱情。那一年，我十二岁，安妮比我小两岁，两岁差几天。

刚开始的时候，我是以一个孩子的方式爱着她，也就是说，当我们和大家在一起时，我才敢爱她。当时我还没想过和她单独相处，那个年纪的孩子，还不知道怎样开启只属于两个人的私密对话。

我爱她只是因为想去爱，而不是为了被爱。每次经过她身边，我心中就会掠过一阵狂喜，我爱偷偷扯下她的发带，任她在我身后追跑，追到之后她就无情地从我手中一把夺去发带，没有人会比一个愠怒的小女孩更无情。正是那些被她笨手笨脚地绑在头上的碎布条让我第一次联想到店里的瓷娃娃。

妈妈在村里开了家缝纫用品店。放学后，我会和她一起去店里，我去找我妈妈，她去找她妈妈。她妈妈有半辈子时间都是在我们家的店里度过的，另半辈子都耗在了缝缝补补上。有一次，安妮正好经过摆瓷娃娃的那个货架，我的心噗通跳了一下，真像！除了发带，她们还都有一张苍白脆弱到残忍的脸。思绪在我小小的脑袋中飞驰，我只看过安妮的脸蛋、脖子和小手小脚，别处的肌肤都被她小心地藏着。和瓷娃娃一模一样！当我路过父亲诊所的等候室时，有时会恰巧碰见安妮，她总是一个人过来看病，小小的，缩在黑色的椅子里。她的小脸蛋被哮喘病啃得精瘦，除了因咳嗽不止而抽搐着的脸颊上的惨白，我再也找不出她跟瓷娃娃的相像之处了。不过，就算我缠着父亲透露他的“职业秘密”，他也不告诉我安妮的身体到底是不是碎布做的。他只会轻轻敲下我的头，然后对着妈妈的屁股做一个相同的动作，诡秘地笑两下，这笑容让我发窘。

相似总是双向的，瓷娃娃也会让我想起安妮，于是我就偷了几个。可是，当我一个人窝在房间里的时候，却发现她们的头发不是太卷就是太直，她们的眼睛不是太圆就是太绿，真叫人受不了，她们谁都没有安妮在想心事时被食指拨动、翩然翘起的睫毛。这些娃娃，像所有的娃娃一样，在当初制作的时候就是为了与任何一个女孩子区别开来，我恨她们。于是，我跑到池塘边，将石块拴在娃娃腿上，毫无痛苦地看着她们逐渐下沉，心里想着将要到手的新娃娃，一个更像安妮的娃娃，我盼望着。

池塘很深，几乎没有可供人安全游泳的地方。

那一年，世界的中心只有我和安妮。周遭瞬息万变，而我狂热地视而不见。在德国，希特勒已经成为首相和纳粹党主席，布莱希特和爱因斯坦逃走的时候，达濠集中营已经在建。小孩子总有种天真的自负，以为唯有自己能逃出历史的掌心。

我目不转睛地读着这封信，总是要回过头去把整句话串起来再读一遍。自从妈妈去世后，我就很难在阅读时集中精神，本来一个晚上就能读完的信，现在要看上好几天。

肯定是寄错了，我根本不认识什么路易，也不认识安妮。我翻到信封的正面，没错呀，明明就是我的地址。或许真正的收信人恰好与我同名同姓，而这个路易却偏要往我这里寄，我把没完没了的疑问压了下去，我停止拆开其余的信，那些真正的吊唁信。

好心的门房梅洛太太可没被来势汹汹的吊唁信糊弄住，她捎了句话给我：有什么需要帮忙的，别犹豫，有她呢。

我会想念梅洛太太的，比想念我的旧公寓更甚。下一间公寓也许会比现在的更大，但下一位门房却不可能比现在的更好了。我不想搬家了。不想挪地方，就赖在我的被窝里，就在这间屋子里，我只能再忍受它不到一周的时间了。我不知道能从哪儿找到力量，将我的生活整个搬到别处，但我别无选择，我现在必须再找一间房子，不管怎样，合约已经签订，倒计时开始，三个月后，某个人将代替我，而我将在别处，替代另一个人，这另一个人又将离开，去取代未知的再一个人……如此循环。电话里，搬家工告诉我，事实证明，如果你沿着这根链条上的一个个节点前进，最后的结果无一例外：你会与自己重逢。我挂了电话，会不会与自己重逢，我不关心，我唯一渴望的，是能再见到母亲。要是妈妈知道我搬家，肯定会高兴的吧，她不喜欢这间公寓，只来过一次。我怎么也不明白这是为什么，可她就是这样，有时较真得过分。

无论如何，我还是要通知梅洛太太我要搬走了，也谢谢她那句贴心话。

“不客气，这没什么。”

没什么消息能逃过门房的耳目。她真心实意地为我的离开而伤心，邀请我进屋坐一会儿，如果我愿意和她聊聊的话。我没有聊天的心情，但还是进去了。和以前一样，我们在方格玻璃门处说话，没有进屋。这次短暂的寒暄之前，我并不知道境况已经这么糟糕。她拉上了我们身后的帘子，关了电视，连声道歉：

“只要打开这扇玻璃门，大家就都朝屋里看。这比他们直接闯进门还叫人受不了。我不认为他们真是出于好奇。但这让人心里不舒服。不过只要打开电视，他们就几乎不盯着我看了。真幸运，图像足以转移他们的注意力。只是听一整天电视里的噪音，耳朵也吃不消。”

我觉得很不好意思，她看在了眼里。

“哎呀，我说的可不是您，您，从没打扰到我。”

呼！还好我不是那帮庸人中的一员。

“您和他们不一样，您近视。”

我吃了一惊。

“您是怎么知道的呀？”

“我知道是因为近视的人看东西跟一般人不一样。近视眼看人的时候更专注，因为他看不见旁边能转移注意力的东西。”

我惊愕极了，感到自己成了被人指指点点的残疾人。真有这么明显？

梅洛太太大笑起来：

“您还把我的话当真了。不是您自己跟我说的嘛。还记得吗，有一次，我跟您说起我的手指，您告诉我说您的眼睛也差不多。‘人活多长时间是由身体的这些细枝末节决定的。’我当时听着这话觉得有点吓人，可千万别忘了自己讲过的话，没准哪天就有人捡起您自己说的某句话来对付您……”

她身子往我这里倾了倾，要给我倒咖啡，可就在这时，她的手开始剧烈地抽搐起来，滚烫的液体都泼在了我的肩头。我转过脸对着伤口使劲吹气，想减轻灼痛的感觉，也是为了不看梅洛太太弱点暴露后的窘迫。

在成为门房之前，梅洛太太是这栋房子里的一名房客。我前脚搬进来，她后脚就到了，前后只差两三个月。她的钢琴声总是回旋在层层楼道之间，但却没有人抱怨。她的学生很好学，她的课从来不会变成折磨。相反，天天上演的音乐会很让人享受。然而一周周过去了，琴声却越来越少响起，我猜她的学生大概都结婚了，婚后就不来上课了。直到有一天，梅洛太太在我经过的时候打开了方格玻璃门。她告诉我，自己患上了很严重的风湿关节炎。医生告诉她，在她的年纪得这病并不多见，但也不是完全没有，特别是音乐家容易得，因为关节总是活动，所以更容易疲劳。医生们也不能确切预测什么时候她的手指将完全不听使唤、无法动弹，但她无需担心，就算得了这病，她还是可以应付日常生活，吃饭、洗漱、梳头和做家务。只是，她再也不能弹钢琴了，至少再也不能像以前那样灵活自如地弹奏了。再过短短几个星期，她就将失去辛苦多年练就的对纤巧手指的珍贵操控力。

这个坏消息一下子把她击垮了。她还能靠什么维持生计呢？课时费是她唯一的收入来源，她没有积蓄，也没有能靠得住的人，除非时间倒流。她没有双亲，也没有子女。

当她听说楼里的门房离开时，大家已经在她面前念叨了好几个星期，说那个人的年龄和能力都不合条件。于是她决定向房东自荐，结果被录用了。从此，她合上了琴盖。她认为继续留着那让人忍痛割舍的旧爱，未免太过狭隘，必须学会放弃它，为新趣味腾出空间。不如研究星相学？在蜚短流长这方面，星相学和门房的工作倒是挺相称的，而且还能让她有预知能力。如果她能算到今天会把咖啡泼出来，就不会给我倒了。她对我微微一笑。

“您可不能再穿这件毛衣去上班了。上楼换一件吧。我拿这件去干洗店，晚上就能好。实在对不起。”

“别麻烦了，我穿这件就很好。”

“不行，换一件。”

我不再坚持，上楼回了房间。她无法知道其实我的衣柜里已经找不出一件干净的毛衣了。地板上衣服扔得到处都是，我毫无顾忌地在上面踩来踩去。

“像照料爸爸那样，”一旦发现脚下有布头，我就用铿锵的语调重复，“帮我收拾一下，收拾一下，求你了，你总是帮爸爸收拾，也帮我收拾一下！”可妈妈没有收拾。我从地上捞起一件散发着烟味的衣服，真该立马戒烟了。

梅洛夫人在方格玻璃门后同我道了别。看着那帘布轻轻摇曳，我想家中最后留下来的那个，永远不会被别人写进吊唁信里。这个小插曲使我完全忘了告诉她我马上要搬走了，但至少我们谁都没有聊到妈妈。在“伤心人”名册上，梅洛夫人并不比我好到哪儿去，这样也好。

晚上回来的时候，我惊奇地发现信箱里竟然一封信也没有，吊唁仪式终于告一段落。妈妈仿佛是我在这场书信大战中夺回来的可怜的战利品。刚打开公寓的门，清新的味道就一下子钻进了我的喉管，房间被整理得井井有条，好多天以来怎么也提不起劲儿洗的锅碗也都干净锃亮，被套洗过熨好，床单也换了。透过客厅的门，一道光线照在我的眼睛上。这也许是妈妈那白色的灵魂传递给我的微笑吧。

电视屏幕上影像攒动，却没有声音。是她，梅洛太太。那件毛衣正挂在五斗橱的把手上，一眼就能看到，她把我的信都放在桌子上了。我的心里涌起一阵夹杂着失望的感激，要不是那只信封闯进视线，也许泪水就会夺眶而出。这一次的信封比之前的都要大，都要厚。我拆开信，没错，还是他。他接着上次没讲完的故事又讲了下去。

安妮和我在同一所小学读书。那时候只有光秃秃的一栋教学楼，看上去开放自由，但实际上戒律森严，男女生之间的界限划得清清楚楚。楼下是女生，楼上是男生，就是这该死的隔离制度，让我有时候要一连熬上好几天才能见到安妮，而偷偷幻想她用那根勤劳的食指捋睫毛就成了我仅有的小幸福。一听到楼下有学生上黑板，我就竖起耳朵猜是不是她，窸窸窣窣的几声咳嗽，都能令我兴奋得要死。

我恨透了被隔开的楼层。更让我痛恨的是，学校原来不是这样安置男女生的。以前是女生在楼上。我表哥乔治上学的时候，还能瞧见那些小丫头下楼的情形，小短裤成群结队地顺着楼梯下来，有白的、粉的、蓝的，他把脖子抻得老长，一直伸到楼梯洞里去，只为了能更好地欣赏这道无论阴晴都会奇迹般划过的曼妙彩虹。可是，唉，总是这样，上代人犯下的过错要由下代人来偿还。那一双双贼溜溜的小眼睛自然逃不过校长 E 小姐的法眼，最后男生被关在了楼上，我们出教室不给穿鞋以免发出噪音，于是每到下楼的时候，就轮到小姑娘们虎视眈眈了，袜子上的洞眼成了她们的大笑柄，男孩子们你推我挤，一窝蜂地往前拥，都想第一个冲到楼下。因为第一个到的就赢了，虽然没有奖赏，但在这个年纪，有输赢就够了……特别是还有小姑娘在旁边看着。淤青和摔跤的数量着实让 E 小姐操心，可她还是把男女有别这一条放在了安全之上。

直到有一天，这个可恨的游戏终于让我尝到了甜头，没有特别的缘由，就是因为我和他们一样，也想当第一。但我没能捧得圣杯，还摔断了胫骨，好几个星期不能动弹。不过，塞翁失马焉知非福，我的圣杯在第二天晚上站在了房间门口。安妮嘴上说每天都要来缝纫用品店等妈妈，其实是主动来帮我补习。一放学，她就站起身来，顶着全班人的讽刺挖苦出门，那些蠢货起哄说安妮是“我的爱人”，不过，这倒是正是我的心愿。她每天都来帮我补落下的功课。我从来都没有这么频繁地见到她，而我却半躺着，僵得像个木头人，伤腿和身体的其他部位都绷得直直的。她进了房间犹豫坐在哪里是好，而我不知到底该看她哪里，我应该把这几分钟再延长一些的。我们俩都到了对身体有所知觉的年纪，她那青春的身体正一点点显现，而我偷偷地将它收进了梦里。

我怕她有一天会腻烦这毫无乐趣可言的苦差，让另一个人来代替她。于是，我借口说为了做某门课的作业，托妈妈从图书馆给我借几本有关绘画的书，然后在急不可耐地等待她的倩影出现的时间里（同时又生怕出现的是另一个人），我钻进这些借来的书里埋头苦读。我和她谈论她的爱好，希望有一天自己也变成她喜爱的对象。

于是，女画家成了新的瓷娃娃，成为我沉默恋曲的新媒介。我向她讲述这些女画家的传奇，不错过任何一个细节，安妮用心地听着，从不惊奇于我什么都知道，于是，我成功地将几分钟的对话变为一小时又一小时。

那一年，蒂诺·罗西唱红了《马里内拉》，我独自一瘸一拐地在自己的房间里吊嗓子，只是把歌词改成了“安妮内拉”。不过，我们并不是舞台上唯一的表演者。德国的希特勒设计出了“甲壳虫”汽车，还撕毁了《凡尔赛条约》，然而，他的魔爪不能伸到每个角落，柏林奥运会就把金牌颁给了一个美国黑人。西班牙内战已经打响，而在我们国家，人民阵线在选举中大获全胜。

这怎么可能，他竟然一错再错。我必须找到这个家伙，告诉他“你寄错人了”。可我没有任何办法联系到他，我无法寄还这些信，他没有在信封上留下地址。甚至连个签名都没有，好吧，他说他叫路易，可究竟是哪个“路易”？

再说这些只是普通的书信吗？它们几乎不能被称作信：抬头没有“小姐”，也没有“亲爱的卡米耶”。右上角既找不到地址，也没有标明日期。最后，为了做到滴水不漏，这位“路易”把信写得像是自言自语。电话铃突然响了，我吓了一跳。谁会在半夜打电话给我呢？

是皮埃尔。

弟弟的声音沿着细长的电话线传过来，早已走了样，我差点儿没听出是他。他问我，有没有意识到我们已经是孤儿了。“孤儿”这个字眼足以概括今晚他所说的一切。他睡不着，可我很困。我可不可以给他买包烟？当然。

现在不是教育他的时候。再说，我也很想抽上一支，而那天早上我扔了应该是我这辈子的最后一包烟。

没什么能让我们死心，除了现实与信马由缰的想象之间的那道天堑。

放学后，安妮总是和我同路，一起回缝纫用品店。我们不是同时离校，可一路上我俩的距离却越缩越短。走在前面的人会故意把脚步放慢，后面跟着的那个也会特意加快步伐，直到两个人能肩并肩走到一起。

可是，很多年后我们重逢的那天（1943年10月4日，巴黎），安妮却笑着说那时候我只知道两件事——追她，或是让她追。而她却从来没有故意调整步速，还发誓说自己讲的都是真话。我没想抵赖，事实确实如此，那时的我，无论如何也舍不得错过我们之间的“爱的漫步”——文字往往有美化事物本质的效用。很长时间以来，我都觉得我们是有希望在一起的，可最终还是事与愿违，现在她该是已经结了婚吧，二十岁嫁人也没什么好奇怪的。我是故意的，故意把她说得老一些。我要让她受点伤，望着她手上的那枚戒指，我假装自己是一个不再爱她的男人，一个心灰意冷的男人，一个不再让她心有余悸的男人。孩提时代的我，总是绞尽脑汁找出种种借口把我俩拴在一起，可是此时此刻，1943 年 10 月 4 日的我，却双眼紧紧锁住地面，刻意回避她的目光，说的每一句话，都只是为了掩饰内心灼灼燃烧的烈焰。我让她一吐为快，自己却只字不提从前。现在的她变成了什么样子？她幸福吗？

让人不解的是，她对我承认了一件事。

“路易，我想告诉你，你是我生命中的第一个男人，第一个吻我，第一个抚摸我的脸颊、我的乳房，第一个知道我裙子下面常常什么都没穿。”

她唤醒了我所有的记忆，这么多的第一次，她竟然记得比我清楚。

“为什么你从来都没有告诉过我呢？”

她抬起眼望着我：

“为什么要告诉一个男人他是我生命中的第一个呢？难道还要告诉另一个男人，他是第十二个，告诉最后那个，他排在最后吗？”

我无言以对。

她倾诉往事只是希望我能够释怀，原谅誓言中的天长地久最终化作袅袅尘烟，随风飘散，而她，她的转变是从和 M 夫人的频繁往来开始的。

安妮猛地站了起来，仿佛她突然很不习惯我们靠得这么近。她问我要不要来一杯菊苣茶，她说实在抱歉，因为现在都是定量配给，家里已经没有咖啡了，连糖都没有，她刚说完就歇斯底里起来，翻箱倒柜，好像根本不知道自己在做什么。她家只是小小的一方，我看着她那双赤裸的脚在几平米的居住面积上来回挪动着。她那所谓的厨房其实就是一个水槽加灶头，紧靠在床边，幸亏她还住在这里，要是搬了家，我就很有可能见不到她了。

三年未见，三年间没有一点她的消息。我万万没有想到，她竟然一直和我住在同一座城市——巴黎。我看到她指甲上那鳞片般鲜亮的红指甲油，记得住在小村里的时候，她从来都没涂过。这次的重逢显得太过美好，以致我都不敢相信这是真的。窗外，天色已沉。忽然之间，我很想要她。她递给我一只烫手的杯子，问：

“你还记得 M 夫妇吗？”

安妮怎么会问我这个问题？

第二天早上，我打了个电话给邮局，邮戳上的那三个字母说明信是从15区寄出的。说不定，还有另外什么编码能看出具体是从哪个邮箱里取出来的，可惜我没找到。否则我就能找到那个邮箱，贴上告示，让这个名叫“路易”的家伙跟我联系。

但是答案早已摆在那了：我根本就不可能知道信是从哪个邮筒寄出的。我终究没有跑到15区，在每个邮箱上都贴上告示，谁知道事后会有多少蠢货编出多少理由打电话骚扰我，却独独不提那些信，而我又别无出路。

对于某个人来说，这些信一定至关重要，在巴黎的某个角落，肯定还有另一个卡米耶·维纳正在等着这些信。而她才是我要找的人，我确信自己终于摸索到了问题的关键，于是开始了一场同名同姓大搜索，妈的！我没想到巴黎竟然有那么多人姓维纳，我不能再这么满嘴粗话了，皮埃尔说得对，这样子说话不太女人，再这么下去，我休想夺回尼古拉了。皮埃尔，你给我闭嘴！别再跟我提他！我什么时候揶揄过那些跟你睡过觉的女人？！

我给号码簿上每个姓维纳的人都去了电话，问他们两个问题：1. 家里有没有一个叫卡米耶的姑娘；2. 是不是恰好认识一个叫安妮的人。除去那几个矜持礼貌的"没有，不认识"，其他的回答堪称惊悚：有直接"嘭"的一声挂电话的，估计是陌生人的声音吓着了他们；还有人说不认识安妮，但认识一个叫安娜的，还反问我是否确定要找的那个人不是安娜；还有一个说没时间接电话，因为她丈夫已经趴在她背上嚷嚷着让她挂电话了，说小偷就喜欢在假期打电话到别人家看是不是有人在。

可是，没有另一个叫卡米耶·维纳的。

算路易倒霉，白写了那么多字。

接下来的那个周二，又是一只新信封摆在我面前，依然那么厚，只是这次，仅此一封，孤零零地端放在信箱的正中央。一成不变的信纸，上等的羔皮纸；一成不变的笔迹，永远都是把大写的 R 写得和其他小写字母一般大，一成不变的烟熏气味，而这香气仿佛勾起了我关于某件事或是某个人的记忆，却总是想不起究竟是何人何事。

彼时，年轻的M夫妇家境殷实。他们的父母可算是十分称职，死得出奇地早，而身后留下的财产还出奇地多。他们的遗产里多的是房产，可最后M夫妇却决定在这座叫“旋梯”的房子里安顿下来，这里也正是我和安妮悲剧的源头。

“旋梯”是座漂亮的宅邸，它突兀地立在我们那个小村庄的中心，好像硬是把一只天鹅插在了一群椋鸟中间。孩子们爱在城堡里窜进来又窜出去，年轻人呢，则把它看成“浪漫”的代名词，至于那些除了哀叹命运别无他想的老人，则把它当成解决家庭纠纷的处所。不知不觉地，这座城堡仿佛成了整村人的共同财产，而不是专属于某一个人的。当M夫妇住进来的时候，不，是闯进来的时候，所有人都有匪寇入侵之感。只有安妮不，只要能多画些画，对她来说就是天大的喜事。沿着石砌的高墙，她已经把城堡能画的角度都画了个遍，而石墙已有好几处坍塌了下来，估计支持不了多久了，就好像那些看家的老狗。

1938 年 9 月的一天清晨，一男一女两个家仆到了村里。他们的身后，是浩浩荡荡的行李和家具。累赘无用的东西都被拖了过来，可见，这确实是一次大迁徙。什么都有，地毯啦，油画啦，吊灯啦，各种什物把箱子塞得满满的，摇着晃着就差要溢出来。

“他们把房子上上下下里里外外都清理了一遍，院子里也被码得整整齐齐，你看，多美的一幅画。”

平日里，安妮喜欢坐在一棵榕树下面，这次我也陪在她身边，她爱叫我看她的画，总是迫不及待地想听我的评价。这幅画画得不错，房子的新气象在她精巧细致的一笔一画之下栩栩如生，百叶窗开着，灰尘扑腾着蹿出窗外，修葺后的花园焕然一新，终于有了花园的样子。安妮自己对这幅画也挺满意，唯独画里有个人让她失望。

“这个人我没画好，他是个跛子，可在我的画里看不出来。本来我对表现运动的物体就不擅长，现在呢，还来了个残疾人，那就更难处理了。”

我提醒安妮，新搬进来的大概是一家人，她不解地问我为什么要突然提起这个。我指了指画上的摇篮和婴儿床。好奇怪，她都已经画了下来，却可以视而不见。危险近在咫尺，她竟沉醉其中不愿警醒。安妮已深深陷入了一种幻梦般的静寂。我猜想，她的画笔也轻轻掠过了一个躲在母亲长裙下的孩童。

每当我试图去分析这场悲剧到底从何而生时，得到的结论却总有一个，那就是如果安妮不曾痴迷绘画，这一切就不会发生。我如此确信，就好像人们断言，如果当年美术学院收下了希特勒，那么现在的世界大概会比天堂还美好。M 夫人喜欢上了这个爱画画的小姑娘，请她到家里坐了会儿，也就是短短几分钟，一盏茶的工夫。如果没有这几分钟，她们就永远只能是擦肩而过的陌生人，自她们出生之日，这两个人的生活轨迹就注定是不会相交的平行线。"M 夫人一个人太无聊了吧"，一些人猜着，"她还这么年轻"，另一些人又有别的想法。整个村子都为这段不合情理的友谊猜测纷纷，一个是布尔乔亚大家族里的贵妇，另一个则是黄毛丫头安妮。还有人觉得有钱人专挑那些相貌好的穷人喜欢，后来大家认为这理由太俗，也就没有接受。最后，一致通过的解释是"有钱人欣赏艺术家"，而我也这么觉得。

渐渐地，所有人都对这两人之间的来往习以为常，甚至为此有那么点自豪。所有人，除了我。我不看好这段友谊。安妮有着狂野的天性，她把遇见这个年轻妇人视为一生只可能发生一次的奇迹：因为她能够取代其他任何人的存在。和 M 夫人的茶约，已成了安妮生活中雷打不动的主题，为此她抛却了所有的旧习，包括我在内。我们从此分道扬镳，确切地说，是我被她踢出了局。明明是很容易开口的事情，她却偏偏对自己的疏远不加解释。她并未对我视而不见，她做得更狠，每每相遇，都不忘做出那个伤人的小动作，抬起手朝我懒洋洋地挥两下，算是示意我她看见我了。爱难以捉摸，而不爱更甚，也许有一天我们能想清楚为什么会相爱，却永远也无法真正明白怎么就突然不爱了呢。

故事本应到此结束，我必须独自吞下苦涩无声的怨愤和让人心酸的嫉妒。却不料，M 夫妇的到来，让后面的一切变成了一场无法逆转的悲剧。

我还记得他们吗？这就像是问我是否还记得我们输掉了那场战争。

看得出来，安妮十分焦躁不安，不停地用勺子在杯中搅动。“别去比较那些根本无法比的东西。”她拎了拎贴在肩头的羊毛套头衫。我的眼睛恋恋不离她的身体，而她的目光却一直落在别处。我猜她和我只有这些“第一次”可说。她和我说这些，无非是想引出后面那些对她而言更重要的部分，就好像大家见面总要礼节性地寒暄几句，然后就单刀直入地只谈自己一样。

“有些事情，我必须要向你坦白，路易，我得告诉你在 M 家到底发生了什么。而你是我唯一可以倾诉的人。”

信写到这儿戛然而止，我迫切地想知道后面发生的故事，可必须耐着性子等下去。

正是这个“悬念”让我坐立不安，促使我以另一种目光重读这封信，这一次，是以编辑的目光。这封信写得有些文艺，尽管在之前的信中我多少也注意到了这一点。我以前怎么没想到？！一定是母亲的死让我的感官变得麻木了。这些信就是写给我的，这只是某个作者玩的小花招。我收到的手稿太多了，它们在我的书桌上堆积成山，我根本来不及全部读完。作者们很清楚这一点，尤其是那些从来没有成功出版过作品的作家。这就是为什么这些信没有严格遵守信的格式的原因，周复一周，我收到的不过是某本书的段落。司马昭之心，不过倒真不笨，证据就是：我读完了它们。

我窥伺着我的作家们，试着通过暗示让他们落入圈套，希望他们中的某一个露出马脚，这段时间以来，他们肯定都把我当成疯子了。我查验他们的笔记，在小写字母中搜寻大写的“R”。我贴着信纸嗅，想要细细体味其间散发出的木头馨香。我排查着所有的可能性，难道是他？浪费这么多笔墨渲染童年旧事，正像他的文风，写着写着就成了自传。如果真是他，那我恨不得把这些信一股脑全朝他脸上砸过去，我要你写的是小说，真正的小说！我还得对准他的眼镜砸，把眼镜砸掉了才好。我就想知道眼镜后面藏着怎样一副恶心的嘴脸。

我笃信寄信人会在某天突然造访我的办公室。那个陌生人会来见我，并且把故事的结尾也带来，连连道歉说不该耍我。拉倒吧，五十年来，他谁也没耍成，谁都没正眼瞧过他，于是他才下定决心变个花样！

难道是那个九月份才来这里工作的小实习生？梅拉尼？“在您这儿，有没有实习生成为作家的呢？”她以为我没看出她那点野心？不对，不应该是她，她年纪尚轻，而这些信的作者很显然比她阅历丰富。这我还是能读出来的，况且凭她那张娇俏的小脸蛋估计也写不出这些。

我在纷繁的思绪中挣扎，这时，梅拉尼的声音把我拉了出来。她用一只手捂着话筒，怕电话另一端的尼古拉听见。

“您的朋友非要您听电话不可。”

“告诉他我正在开会。”

“我早说了，可这已经是他今天上午打来的第五通电话了，他说他知道您没在开会。”

“如果他不相信我在开会，那就直接告诉他我不想接电话。越是撒谎，对方就越来劲儿，直接说实话，对方反而会消停。”

如果我对他说实话，我敢说，他反而不会这么紧迫盯人了，他甚至会逃得无影无踪。

我不能让这团乱麻越滚越大，这只会把我推向危险的境地。我要早点回家，我很清楚信箱里有封信在等着我。今天是星期二，我也摸准了信都是在周二寄到的。这位笔友喜欢用连环杀手惯用的伎俩。

这些日子以来，还算有点意思的信一封封寄到我家，我都快对它们产生友情了。于我而言，这是早没了神秘感的世界忽然又抛来的几个谜团，我大可不必庸人自扰。我一心盼着下个章节，想知道 M 夫妇到底发生了怎样可怕的事情。

我根本不去想前方等待我的会是什么。总有东西是想不到的，我自己就是例证。

我几乎每天都待在他们家，我画画，M 夫人朗诵，她把嗓门吊得老高，一个人轮流扮演不同的角色，很有意思。

和她在一起，我很安心。我甚至不必逼着自己开口说话，从来没有人给过我这样的感受。她对我是如此慷慨，特意安排了一间房给我。那间屋子被称为“无墙的房间”，之所以得了这样的雅号，是因为屋里有一面巨大的镜子，而另外三面墙被厚实的红色帷幕严严实实地包裹起来，因此，墙消失了。它实在太美了，用作画室真是有点可惜。但她却丝毫不愿听人这么说。“亲爱的安妮，都说了，这一切让我很高兴……”确实，我从各方面都能感觉到这一点。我从未提过任何要求，都是她主动把我需要的一切都送到我的面前。刚摊开一块画布，另一块崭新的就立马飞到了眼前，跟变魔术一样神奇。她什么都为我想到了，甚至，她还请来一位名叫阿尔贝多的朋友给我上课，他是杰出的画家和雕塑家。每周四，他都会从巴黎过来。她对我是这般地好。

可是，我却察觉到她并不快乐。只是我猜不出这不快乐究竟源自何处。在我看来，上天已经把最好的都给了她。

一开始，我以为她有隐疾，是他们家的女仆索菲提醒我的。某天早上，我发现有辆车停在“旋梯”门口，以为那是M夫人的“新宠”，就没敢进门。索菲来敲我们家的门，她笑我傻，安慰我说“旋梯”的大门永远向我敞开。还告诉我自从M夫人与我相识后，她的病就一天天好起来了。这句话却让我有些不安，我由此揣度M夫人一直顽疾缠身。她帮我把大衣套上，说只是想让我放心，不管“旋梯”门前有没有停车，我永远是M夫人的小开心果。我一眼就看穿她在撒谎。

大约两个星期后，另一个证据证明了有事不妥。这次是她丈夫把车停在了小路上。平日里，我到他们家时他早已出门，我不太想和他碰面，可又不能半途折回，M夫人肯定会说我傻的。她叫我答应她以后不再在门口扭扭捏捏地不进来。可是，刚踏进门，我就后悔了，因为刚好撞见他们俩在吵架。

“这日子我过不下去了！我之所以同意搬到这儿来，是盼着你能好起来，而不是让你天天自怨自怜的！”

“我哪里自怨自怜了？”

“你已经不是从前的那个你了，你以为把自己关起来，和所有人切断了联系就能解决问题吗？”

“我会让你明白，这也是你的问题。”

“我有什么问题？我唯一的问题就是每天晚上都念着要回来和我的妻子团聚，而她脑子里却只想着我到底有没有买画布、木炭棒、丙烯颜料……外面发生了什么，你一概不闻不问。你现在比你躲着不想见的那些人还要糟糕。”

“我没有逃避任何人。”

“跟你说这些全是白费口舌，我都已经迟到了……”

“是啊，快滚，滚回你的天堂去，那里的人什么都知道。去跟你亲爱的读者们解释这世界到底怎么了，别再劳神跟我啰嗦未来的世界局势了。”

她丈夫气得一句话也说不出来，冲出了客厅。他意识不清，把我当成了索菲：“您在屋子里找不着别的事儿做了，是吧？”M夫人一路追过来，望着他远去的背影，口中嗫嚅着我听不清楚的句子。她回过身时，我俩撞了个满怀。

“你干吗贴着门偷听？”她从没用这种语气跟我说过话。我没反驳，转身就走。她追在我后面，连声向我道歉，悔不该这么口不择言，她知道我在那儿不是为了偷听，她不想我走。她那副模样楚楚可怜，于是我又与她和好如初了。要是我那天没有信她那番话该多好。

很多时候，吵架反而是拉近关系的契机，我们这次也不例外。自那次冲突之后，我们开始互诉衷肠，M夫人不再朗读小说了，这大概是受了她丈夫的刺激。“在这个硝烟四起的年代，虚构的故事不值一提。沉迷于小说就是向敌人举手投降。”她学着丈夫那种语气念出这句话。我请求她念下去，大声地念，当成报纸一样念。渐渐地，我们开始互相倾诉心声，一起讨论报纸上的文章。我们俩是如此投契，甚至彼此都觉得有些惊讶。我和她相差了几乎十岁，但这并未给我们的交流带来任何障碍。她从未和我这般年纪的女孩亲近过，因为家境的关系，也没有什么玩得来的同龄人。在巴黎，她身边的朋友都年长于她。而当她试着和我相处时，却发现我是那么讨人喜欢。总之，她嘴上是这么说的。

我们每天的压轴节目是“读者来信”，即便有些信一点儿意思也没有，我们照样能津津有味地读下去。我俩搞不懂为什么会有那么多女人愿意对陌生人掏心掏肺。有一次，我们恰巧读到了可怜的热纳维耶芙的满腹苦水：

> 我丈夫有外遇，从来不在家吃晚饭，回家也很晚。我该怎么办呢？

那位记者是这么回答她的：

> 热纳维耶芙，很不幸，您和千千万万的女人承受着相似的命运。如果您还爱您的丈夫，就像从前那样继续包容他，而且一定要保持冷静，否则，您的指责和抱怨只会让他越来越不想回家。

我之所以把这段话记得这么清楚，是因为当时M夫人的反应很出乎我的意料。

“这个记者以为她自己是谁？该怎么做，不该怎么做，该怎么想，不该怎么想……她管得着吗？只有按照他们的标准才能活是吧！我最受不了的就是这种腔调！”

她气得不行，却有些让人匪夷所思。我很是讶异，因为放在平常，这种信不过是用来充当笑料的。

“自从M夫人认识了你，她的病就一天天好起来了。”“我同意搬到这儿来，是盼着你能好起来。”索菲和她丈夫的话又回荡在我的耳畔。

这个女人并非天生愁苦，她一定有苦衷。她为什么会来“旋梯”隐居？照她丈夫所说，她到底要“逃避”谁？即使我开口问她，也别指望能套出什么真心话来，至少现在还不是时候。她仅仅是因为怨怼而发泄，并不是想向我交代隐情。我搜肠刮肚，不知该说些什么，于是给她出了个不大高明的主意。我建议她写封信给那个“玛丽·玛德莲娜”，告诉她我们受够了她那些馊主意，以此来教训那个记者。

其实，我给M夫人出这么个主意，也是希望能从中找出一些关于她身世的线索，可惜，她的脾气来得快去得也快。此后，我们每天写上一封给“腐烂的鲸鱼”[1]的信，只是从来都没有寄出过。

1　这是M夫人和安妮为记者取的外号，法语中“腐烂的鲸鱼”与“玛丽·玛德莲娜”谐音。——编注光是给她写信就已经让我俩很快活了。

要不是那天，M夫人也许永远都不会对我吐露心声。那天早上，我惊恐万分地跑到“旋梯”门口，冒着哮喘病发作的危险。“我要死了，我要死了，血，看呀，我在流血。”她一下子就明白过来，用微笑安慰我，告诉我她第一次来葵水的时候也不敢跟家里人讲。为了减轻我的疼痛，她让索菲给我放了一浴缸热水。我不知道在浴缸里泡了多久，眼睛一刻不离地监视着自己的肚子，寻思里面到底发生了怎样一场暴动。生命中还有多少这样的秘密等着我一一揭开？午饭的钟声响了，M夫人给我捎来浴袍。我倏地站起身，血沿着大腿一直往下淌。浴缸里的血丝丝漫开，这一幕俨然一幅清丽的油画，我目瞪口呆，痴痴地望着。M夫人也凝神看着，那一个个鲜红的血滴奋力地缠成一团，久久不散，她忽而抬眼瞧着我，那眼神让人想笑。当我跨出浴缸时，她当着我的面开始脱裙子，接着又褪掉内衣，然后整个人躺进了刚刚被我弄脏的浴缸里。这一幕我永远都忘不了，因为我当时真是窘得不知如何是好。也正是这一幕暗示了我，接下来她会把所有的故事都讲给我听。

矛盾在婚后不久开始出现。那年，M夫人刚十九岁，而她的丈夫也不过二十岁。两人都被双亲的猝然逝世压得喘不过气来，整日忧心忡忡，沉溺在深重的责任中无法脱身。她丈夫并无接手家族产业的意愿，那些房产、土地、公司，他统统想一卖了之。因为那时候，他满心想要开拓的事业就只有报业。好几个月里，他们把心思全部投在料理父母的后事上，终于把所有事务都处理妥当。之后，他们才想到继承人的问题，如果膝下无子，那他们留着这么大的家业又有何用?

刚结婚的时候，M夫人并没有特别上心，因为所有认识的女性都众口一词：只需等身子调理好，自然就能怀上，不过个把月的事。接着，就是双亲的突然离世，这对他们的打击真是不小。

两年过去了，她的身子好像一直都没进入状态。和他们同时结婚的夫妇早就抱上了孩子，有几对已经怀上了第二胎。M夫人很是失落，于是开始搜罗一些恐怖的食谱，还自己捣鼓药来吃，可是没有一点效果。心灰意冷之下，她用真正残酷的折磨惩罚自己。可惜，所有的尝试都是枉然，她一直没能怀上孩子。她告诉我这些时，我听得头皮直发麻，也正是为了忘掉不堪的往事，她才决定搬来“旋梯”住。

她的话音戛然而止，嘴唇开始发青，水已经冷了。索菲来敲门，说饭菜都凉了。M夫人从浴缸里霍地站了起来，我忍不住偷看她的身体，从臀部到膝盖，密密麻麻印着已经愈合的伤疤。我看到她用鞭子抽自己留下的印子，书里写道，要“唤醒那些沉睡的器官”，就要“用鞭子抽自己的下腰和大腿内侧，直到抽出血”。我想不通她怎么可以这么作践自己的身体。她的回答冰冷异常。“不能生孩子的女人只有这条路可走。”她眼睛里射出的寒光让我觉得非常陌生。在那一刻，我明白过来，她眼中的我其实根本不像她嘴上说的那么“讨人喜欢”。

我们上桌准备吃饭。谁都不饿，但还是勉强塞了几口，因为谁都不想说话。我以为自己完全能够理解她的处境，我对我从未出世的兄弟姐妹的思念，和她对总未成形的孩子的想念其实是一回事。我想安慰她说，肯定会怀上的，我父母也是等了好多年才生下我的。她不做声，只闷着头继续吃。

我的父母，M 夫人，巧得有点不可思议，我身边的人竟然都在为生孩子而苦恼。之前，我一直懵懵懂懂，不知生命的意义何在，直到那天，当我注视着我双腿间的那片小小领地时，才突然间明白，我来到世上就是为了让大家拥有生育的希望。顷刻间，我全明白了，“无墙的房间”，一块块画布，一幅幅画作，阿尔贝多，我终于知道该如何报答她赠予我的这一切。正当我考虑该如何开口时，不经意瞥见了读者来信，于是我找来纸笔，刷刷地写了起来，一边写还一边大声地念出来：

“亲爱的‘腐烂的鲸鱼’，有一个我全心全意爱着的女人，她生不了孩子，而我，根本没想过要孩子，支撑我生命的只有绘画。所以，我想替她生一个，这样，我才能用她真正需要的东西来偿还她的好意。”

M 夫人还是没有抬头，只见大颗大颗的泪珠扑簌簌地滑落到餐盘中。她不看我，继续吃着，整个身体因为抽泣而起伏着。终于，她还是开了腔，说写信的这位姑娘太善良了，只是她根本不知道自己在说什么，“腐烂的鲸鱼”一定会把她拉回现实的。然后，她就起身离开了餐厅，之后我们再没说过一句话。

两个月之后，她告诉我她愿意。一开始，我没反应过来，之后她又自言自语道，但得十二分的小心，千万不能让任何人知道。一时间我支支吾吾答不上话。提出建议的那天，我正在兴头上，思绪混沌，自己刚刚获得的生育能力一直折磨着她的不孕，她的悲伤，我的感激，犹如一团团乱麻绞在一起。此刻，当我重新审度这一切之后，脑子才清醒过来，那个想法真是疯狂得可怕。但是很快，我的忐忑就被抚平，因为她的丈夫是万万不会答应的。

“我已经说服我丈夫了，你们只做一次，行就行，不行就不行，让老天来决定。”

她没有再问一遍“你愿不愿意”，而是单刀直入，把即将实施的最细微的步骤一一点破，并允诺“到时候你什么都不用做，也不用熬太久”。所有的一切都由她打理，她丈夫一个小时后就会回来，这时机在她看来难能可贵，一定要抓住。

我无论如何也料不到他竟然会答应。

“明天再说吧。”

我只找到了这么一句回答，明知自己正在奔赴深渊，却怎么也鼓不起勇气走回头路。“明天再说吧。”我不想这样开始，不想和一个我几乎不认识的男人，更不想这么草率地拱手让出我的第一次。

M 夫人一定以为我想反悔，不，我只是需要点时间。我会遵守诺言的。我已经回不去了。因为我从没见过她这么舒展的笑靥。其实，我心里没有一丝恐惧，还拿她的话给自己壮胆，马上要做的不过就像去看一次医生，不会比这再复杂了。而看病，于我正是家常便饭。

我一个人坐在画布前，不是为了深思熟虑，而恰恰是为了把脑子放空。回到“无墙的房间”，一切都会沉淀下来。深夜，有人推了张床进来，镜子也用艳红簇新的幕布包了起来，这个房间，我一刻都待不下去了。在回家的小路上，竟撞见了她的丈夫，我连看他一眼的勇气都没有。

第二天，我还是如约来了。如她所料，我以“处女的速度”一刻不怠地怀上了孩子。三个月后，在我裹得严严实实的大肚子被人看出来之前，我们三个搬去了另一处。她早就盘算好了一切。在我怀孕期间，我们搬走，等生完了孩子再回来。就好像什么都没发生过，除了多出一个被她抱在怀里轻轻晃着的熟睡的婴儿。我那时怎么会把事情想得这么单纯呢？

安妮一边讲着故事，一边数着步子在房间里来回踱着，双手捧着一杯菊苣茶。她好像忽然觉察到杯子的存在，把它搁在了桌上，坐回到我的身边。

“路易，你是第一个听到这件事的人。之前我把它写了下来，准备寄给爸爸妈妈，可现在他们已经没有机会收到了。他们家的女仆索菲对我发过誓，说一定会帮我寄出去。我就算化成灰都不会原谅她的。”

安妮一定在等，等我问她，“到底是怎么回事？”“你的孩子呢？”，而我心里已经被嫉妒占满，一心想要伤害她，让她觉得疼。

“这位勇敢的M先生，他也不比我幸运。我俩都只能跟你做一次，一次就玩完。”

安妮的脸突然皱了起来，眼里含着泪。而这一次，我决定不再怜惜她，不再关心她的际遇、她的不幸。我只想着我自己，想要让她偿还我的痛。全都是因为她，这么多年过去了，我还一直背着因爱而生的恨，负重累累。

她手上的婚戒无意间刺痛了我的眼，她大概是没想好怎么跟我坦白结婚的事吧。

教堂的钟声敲了七下，安妮突然把手伸进羊毛衫的口袋里。她忘了把钥匙给那个要锁门的同事了，她说抱歉，得回去一趟。她让我等她，她不想被店里炒鱿鱼。她请求我原谅，如果我被她伤害了，她并不是有意的。她慌里慌张地套上皮鞋，鞋带拖在后面。我竖起耳朵听着楼梯里她的脚步声越来越远，小学时的习惯到现在都没改变。

这次重逢之后，一阵阵说不出滋味的慌乱忽然蹿上心头。三年了，我以为她早已嫁人，以为她失踪，甚至死了。现在，她竟然一声不响地回到了我的生命中，还把一路上的风风雨雨都讲给我听。她没有得到期待中的回应，她并不知道这故事我已经了然于心。

事实上，索菲并未食言，那封信确实交到了她母亲手中，完好无损。

我再次见到那位老太太时，她眉眼间透着焦虑，浑身滴着水，站在我家门前，一把硕大的雨伞抵在身上，她伸出手，手心里攥着一封信。我一眼就认出了安妮的字迹，信封里夹着好几页纸，密密麻麻的字，像是担心纸不够，正面反面写得到处都是。此时距她和

M 夫人出走已经有好几个月的光景了。

欧仁神情疲惫。

“急死人了，这么长的信，肯定是出事了。”

“不管信长信短，在妈妈眼里，都不会是什么好兆头。”

回答她时，我特意在声音里带上了一丝俏皮，然而，这封信着实长得可怕，我的心不由自主地跳个不停。之前安妮寄给她母亲的信，全是些三言两语的明信片，我装不下去了。

“出什么事了，路易？告诉我到底出什么事了！”

我把目光从信纸上移开，正好碰上她的视线，就在这相接的一瞬间，我决定还是不让她知道真相。

“没事，她挺好的，顺利得很，哎呀，我快迟到了，您先回吧，我晚上去您家里把信念给您听。”

我把自己锁在房间里，手上握着那封信，让悲伤一点点啃噬自己。我想见到她，想问清楚这到底是怎么一回事。

……再过几天，我就要生了。要是个男孩，就取名路易，是个女孩的话，就叫露易丝。我好害怕，怕自己会死掉，怕再也见不到你们。我爱你们，愿你们能原谅我。

安妮在给父母的信里写下这样的字句，这是仅有的，在她对我倾诉的时候，只字未提的话语。

我把这封信誊了一份夹在本子里，想留作纪念。我坐在雨棚下，木然地望着一片片信纸被重重的雨点揉烂撕扯，我不想把这封信念给欧仁听。她这么单薄，肯定承受不了这突如其来的打击。安妮竟然为另外一个女人怀了孕。即便是我，也想不明白她怎么能容忍被这种家伙搞大肚子。

望着一张张信纸渐渐被雨水打湿，浸软，我不住地安慰自己，要是因为一时胆怯没能守住秘密，到头来免不了要后悔，如果以后能有机会倾诉今天我所做的一切，安妮肯定也会欣慰的。更何况，我不是要抹杀真相，只是在等待时机。等安妮旅行归来还想让她母亲知道的话，那时再说也不迟。而此刻，我是真心实意地为大家着想。

信已经看不清楚了，纸上的墨迹一团团洇开。我不知跟欧仁说了多少遍抱歉：我把信忘在了办公室，却不想窗户一直开着，真的很对不起。

我还编了另一个版本的故事，战争刚刚爆发，前线局势乱成一片，诸如此类。我非常诧异，安妮在信中竟然对这些只字未提。我猜想她的凄凉处境容不得她分心于国家大事，又或者，南部的局势并不比这里危急。

欧仁当然会疑心，这么长的一封信被我三言两语就复述完了。我敷衍她说，再洋洋洒洒的信，说两句也就没了。如此利用她的弱点让我感到羞耻，但我也知道她不会坚持。果然，她只是谦卑地点着头，不敢多问一句。我的胡话被她当成真理，她只是为自己女儿的话比从前多了而感到高兴。

我从来没问过欧仁为什么偏偏选中我来为她念这封信，这封寄自她女儿的信，难道她早就断定这个痴情小子好骗？她希望我大声地把信念出来？或者面对面地，为她解释信里的珠玑？

“我不识字。”

她轻声咕哝着，“真是作孽啊！”她看着安妮的信，一遍又一遍地翻着，可一个字也读不懂。每天晚上睡觉的时候，她总是盼着第二天会有奇迹发生，可天一亮，眼一睁，还是老样子，她只能痴痴地望着那一沓厚厚的信纸犯愁。她对谁都没有说自己是文盲，就连自己的丈夫和安妮也都没有，她总能侥幸地瞒过他们。

安妮，独自一人坐在我父亲诊所的等待室里，小小地缩进黑色座椅中，她的哮喘如影随形。我更能理解这种奇特的孤独的原因了。

欧仁哀号着，一抽一抽地吸着鼻子。那天安妮放学回家，放开嗓子对她大哭：“E 小姐跟我们说爱孩子的妈妈都会给他们讲故事。”即便是那样，她也没有像现在这样哀伤。

“是的……我没给你讲过故事……可这跟爱不爱一点也不相干……爱，我亲爱的，要比这神秘得多……当你爱的时候，不要索取，不要……不要因为你希望人们爱你，就挖空心思讨好他们，真正的爱不是这样的，要明白，每个人都在用自己的方式爱着你，而我的方式，并不是讲故事给你听，而是为你缝好每条连衣裙，每条短裙，每件外套，每条围巾，让你开心。难道你觉得我们过得不开心吗？你想要换个妈妈？告诉我，安妮，你是不是想换个妈妈呢？”

那天之后，安妮再没有对她抱怨过什么，欧仁以为从此可以把烦恼甩在脑后了，即使那天，安妮突然宣布要和M夫人出去待几个月，她也没有比那一次更忧虑。她丈夫发狠说不想再听这个跟了小布尔乔亚离家出走的不孝女说一句话，也只是刀子嘴豆腐心，抱怨两句而已，她知道他还是会看女儿的信，还是会回信给她，他太爱安妮了，所以才会说上几句刻薄话。可是，当第一张明信片拿在手上的时候，她才明白过来，自己上了当。丈夫被捕入狱，她已然无依无靠。明信片一张张积了下来，她终于下定决心对我承认自己其实目不识丁。最后，她唠叨了无数遍，夸我跟她在我母亲店里扯的那几百米布一样叫人信赖。

她的选择一点都没错，我一直为她守着这个秘密。

我总认为，秘密应该和守着秘密的人一道入土。您肯定要说，我写了这么多，不也是在对您吐露我自己的秘密吗？可是对您，我有责任把所有的事情说出来。

我总认为，秘密应该和守着秘密的人一道入土。您肯定要说，我写了这么多，不也是在对您吐露我自己的秘密吗？可是对您，我有责任把所有的事情说出来。

我心头一紧，继而痉挛蔓延到了全身。这许多封信的作者原来真的是在对一个人倾诉。一阵恼怒突然袭来，我把这些信狠狠地砸到了房间的另一头去。

镜子里的我，面无血色，我看着自己的眼睛缓缓合上，听见发自内心的声音：“别担心，谁都知道这不过是本小说。”可当一切重归平静的时候，我才惊觉自己真的开始害怕了。

为何当年我那么自以为是呢？我在安妮的房间里来回踱步，强烈的负罪感当头袭来。都是我的错，为什么我没把信念给欧仁听？内心的自责在这间小小的屋子里挤压着，就要喷涌而出，而我却不敢对安妮认错。刚刚失而复得的爱人，要我再弄丢一次，怎么舍得。她对我的一点点怨怼，于我都好像千钧压身。

哪怕是她为了送钥匙出去几个钟头都已经让我觉得重病缠身。

话说回来，如果我告诉安妮她母亲的秘密，她也一定会疑惑为什么母亲选中的念信人是我。

我一筹莫展。

我记得在那段时间里，我把刚用过的杯子和托盘都洗了，还翻了翻书架上的几本书，把安妮床上那座带耶稣像的十字架扶正。“十月多雷，葡萄丰收”——10 月 4 日这一页上注着这句农谚。

我心不在焉地翻了翻台历，想看看未来到底为我们准备了什么。

我东摸摸西碰碰，其实是怕自己会去做那件事，可到头来还是没管住自己：打开她的衣柜。最先看到的是男人的衣服，肯定是她那个帅气的兵哥的。还有她自己的衣服。三条裙子，两件毛衣，这个季节穿有点薄，团成球的长筒袜，内衣，都很丑。我发疯似的想要重温她的体味，想在这堆脏衣服里寻求一种满足。完全地失态。因为我早已开始迷恋她的肉体，并且心安理得地用这种淫荡的方式爱着她。我用背抵着门，怕有人突然闯进来。她那对丰满的乳房低低下垂着。有一天，为了准备一出剧，她让我帮她搬张长凳，也就是从那天起，这幅画面就在我脑海中挥之不去。她弯下身子，领口也开了。我赤裸裸的眼神，她越开越大的领口，这些她都全然不知。从此，从这个角度偷看到的她的乳房时时萦绕在我梦中，那对圆滚滚的乳房低低下垂，真想在她的双乳之间……我高潮了。

我不想这样开始，不想和一个我几乎不认识的男人，
更不想这么草率地拱手让出我的第一次。

我一下子明白了安妮在她的故事里所影射的是什么，好像突然被人掐住脖子一样透不过气来。

是的，我是她的第一个男人。

那是1939年4月。

安妮和M夫人的亲密交往已经让我们渐行渐远，我根本没料到她会再来我家找我。

她带我去池塘边，我们沿着堤岸前行，我预感她有话要对我说。走着走着，她停了下来。

“来，上来。”

我沿着岸边走了许久，已经筋疲力尽，听到这话顿住了。“来，上来。”有另一个女人在另一处也对我说过同一句话。那是在湿气很重的顶楼：一股难闻的霉味，窗户紧闭，这栋“宅子”的大门曾被视作城门，一开一关之间都带着十分的庄严肃穆。维奥莱特往我这边靠了过来，眼光死死黏在我身上。

“来，上来。”

我心里很没底，但还是挤出了笑容。照理说，我们应该是下去，因为房间在下面。这是我们之间的暗号。维奥莱特先下去了，我紧随其后，满脑子想着能不能比和安妮的那种交往更深一步。很少有女人乐意把自己的身体交给一个毫无经验的男人。

“来，上来。”

这回，暗号与我们正要去往的方向不谋而合。我回过神来，拽住绳子把小船朝岸边拉。

安妮先上了船，我紧随其后。

小船宽而浅。我们平躺了下来，怕被人发现。安妮看上去心事重重。我感到她有话想对我说，但她却没有开口。天空常常是整脚情人转换话题的借口，只是我们运气不好，那时，星星还没有出来。我凝望着空荡荡的天空，迷失了方向。这一次，我孤军奋战，没有维奥莱特做向导。我徒劳地搜肠刮肚，但已经忘了当时是怎么和她开始的。我不知道要做什么，要怎样抚摸。维奥莱特自顾自地脱了衣服，既无澎湃的激情，也看不出是鼓足了勇气。她的动作慢得像个偏头痛患者，像平常一样冷淡。我手忙脚乱地解开安妮衬衣的扣子，一粒接着一粒。春天已经到了，她依然穿得挺多，在那个著名的四月里，大家连袖子都不敢脱。维奥莱特是个不懂护肤的女人，爱怎么着就怎么着。而安妮的皮肤又细又滑。如果安妮像维奥莱特那样睁着眼睛，她一定会发现我直勾勾地盯着她窄窄的胸骨上托着的那对丰满的乳房。不过要是她没闭着眼睛，我肯定也不敢这么放肆。她的拳头握得紧紧的。当时，维奥莱特和我都把衣服脱光了，而此刻的安妮和我，把能不脱的衣服都留在了身上。维奥莱特把我的手放在她的身体上，我的手指滑过了她皮肤上的每一处粗糙不平，我原以为那应该是滑如凝脂的。“湿成这样的时候，就可以了”，她轻声告诉我，如同一条评语或一次教学。她松开了我的手，把手贴在了我身体聚焦的中心——我的性器上，然后她的身体代替了她的手。

湿成这样的时候，就可以了，我试着让自己镇定下来，手探到安妮的双腿之间。面对维奥莱特身体的每个部位，我都能镇定自若，而安妮身体上的每个点都让我惶惶不安。高潮时，维奥莱特的脸突然放松了下来，而安妮的小脸却在一瞬间扭曲。我不大忍心看她，特别是她的身体已绷成了弓形，双乳随之向上抛起，汹涌地把我吞没。我在维奥莱特那里游刃有余，到了安妮这里，笨手笨脚。

她迅速把裙子放下，我也把裤子拉好。衣服穿好了，我们感觉自在不少，特别是我。我怕安妮急着要走，还好，我们重又平躺了下来，仰望夜空那若隐若现的星斗。我又一次预感到安妮有话要对我说，可是她依然缄口不语。

直到今天，我依然很后悔，当时没有鼓起勇气追问她有什么话要说。我只敢手忙脚乱地与她做爱，却不敢让她把憋着的话说出来。我本可以阻止她去赴M先生的约，然后就什么事都不会有了。的确，我是她所有的“初次”，安妮没有骗我，至少在这一点上没有。

既然她说是以“处女的速度”一刻不怠地怀上了M先生的孩子，那他们就应该是三个月之后才出发的：四月……五月……六月……也就是说，七月出发。

可是，她却是在圣诞节过完第二天走的，我记得清清楚楚，因为经过他们家时，我想送她一件小礼物，却发现她已经和M夫人跑了，在回家的路上我把礼物朝一棵树上摔了过去。

七月……八月……九月……十月……十一月……十二月……

也就是说，安妮的故事里有五个月的空白，好多空白。

要不是门突然顶到了我的背，我也许已经推测出这段被她故意跳过的时间里到底发生了什么。

我飞快地站起身，把内衣胡乱塞到衣橱下面掩盖现场。来的要是她丈夫，我得克制自己不一拳打爆他的头。进来的是安妮，她一下子钻进了我的怀抱，把我抱得那么紧，我的喉头哽住了。她怕我会走，于是匆匆办完事。她从包里掏出一座奇怪的小塑像，一个身材颀长的女人坐在类似椅子的东西上，两手在前，分开，悬空，就好像正抱着肚子前面的一个隐形物体一样。所以，安妮把这座塑像叫作“隐形物”，这是阿尔贝多送给她的，她刚从店里带回来，想让我也看看。她把它放在桌上，坐都没坐，拉起我就往外走。

每逢这天，她都要去公共浴室洗澡，不知我乐不乐意陪她一起？

她急着去洗澡多少让我有些不解，我猜大概是宵禁的关系，我本想让头脑清醒一下，可安妮连这点时间都不给我。一到街上，安妮又接着因送钥匙而中断的故事讲了下去，她对那神秘消失的几个月依然只字未提。直到多年之后，我才知道那几个月到底发生了什么。

M 夫人把一切都安排好了。怀孕期间，我将跟他们住在巴黎的寓所里，也就是来“旋梯”之前他们住的地方。千万不能让我的父母知道这件事，要是我连偶尔南下看望他们的时间都抽不出来，他们肯定要起疑心的。为了所有人好，我们远走高飞，去了法国中部，到达科里乌尔去，那里气候温和。必须为我们的离开找好借口。而在那里，如果战争爆发，哪怕现在还没有迹象，我们也能得到庇护。她对所有人都这么说。

我不想对父母撒谎。她提出代替我向他们说明。她没什么好顾虑的，而且她也早就想去我家见见我的父母，慰问一下。到了我家，她侃侃而谈，而父亲则一直双唇紧闭，眼睛死死地瞪着她。母亲也没有想要缓和紧张的气氛，女儿都快跟别人跑了，她难过还来不及呢。但 M 夫人看上去丝毫不心虚。她的谎撒得很圆。我那时就应该有所警觉。父亲责问我是不是真心想跟这个怀孕的女人走。我回答说是。然后，他站都没站起来，就把 M 夫人撵出了门。

后来，事情变得更加不堪。父亲斥责我竟然为了一个被资本家搞大肚子的小布尔乔亚抛弃双亲。那些下流胚子，这是他的新口头禅。我不敢直视他的眼睛，他又不准我用余光瞟他。我一口饭都吃不下去，他就讽刺我“大小姐吃惯了公爵夫人家的山珍海味，嘴变刁了”。一天晚上，他话说得实在太过分，我终于爆发了。再怎么样，也别把话说得这么难听，什么叫“抛弃双亲”，哪有这样的事，在我出生之前，他们俩都相依为命四十年了。而这一回，他们只需熬过短短的五个月就能和我通信了，又不是世界末日……

发泄了一通之后，我开始怨恨自己。我本该守在他们身边，只不过，我当时不懂。我憧憬着巴黎。若不是家人的牵绊，我们也许能更早出发。母亲为我担忧，我费尽口舌也没能让她放下心来，这大概就是母性吧。最后几个星期不大好过，她一靠近我，我就会像躲避瘟疫一样逃开。曾几何时，她的乳房也这样一天天发育胀大，她以为我是因为怕羞才不许她靠近。“不管怎么说，你都是我身上掉下来的肉！”她反复念叨着这一句。而我，我却总想甩开她。事实上，我总会回想起你给我讲过的一个故事，关于罗丹的。你还记得吗？有一次工作间隙，他发现一个模特怀孕了，而这个模特自己竟然不知道。妈妈肯定就像罗丹一样，她闭着眼睛也能看穿我，我的身体她再熟悉不过了，正如她所说的，我是她身上掉下来的肉。我也不可能买新衣服遮盖渐渐隆起的肚皮，这肯定会被她误解成一种“冒犯”。

好在，旧衣服穿到圣诞节之前都没问题。那是我和父母一起过的最后一个圣诞节，当时，我已经有了三个月的身孕。爸爸送了我他亲手做的小木马，比先前的那匹高一些，因为他发现我长高了。可最后，他还是没舍得，又要了回去。这件作品让他得意得要命。后来，我在圣诞树下又看到了这匹木马，它身上还盖着一件漂亮的水绿色披肩。“我在织这件披肩的时候，脑子里全是搂着你的情形。”曾经，我总是要妈妈把我搂得紧紧的，而现在，我一步也不准她靠近。爸爸呢，在收到他的小木马时，我想亲亲他表示感谢，连这他都不让。我还为此掉了眼泪，只是没让他看见。千万不能让他看见。

第二天是个重要的日子。我和M夫人趁着夜色出发，不能让别人看见我进了他们家的门。她盘算得滴水不漏。我住在索菲的房间里，在小阁楼上，这样我开窗才不会被人发现，因为没有人能望见窗户里面。半路上，她对我解释说，这么一来就绝对不会有人怀疑我的存在。有客来访，我就躲在房间里；她出门时，我也得待在自己房里。即便其他房间有窗帘，路人和邻居还是有可能发现家里有孕妇。如果他们在街上还是哪儿碰见了M夫人，肯定会奇怪刚才她明明是在家的呀。而我呢，对一切安排都欣然接受。我的活动范围被严格限制在索菲的房间和浴室，因为浴室没有窗户。每当M夫人在家，而我又想活动活动腿脚的时候，她就会到我房间里来。其余时间里，我和她都各安其所。巴黎的生活和“旋梯”的生活相比，并没有太大改变，我依然画我的画，她仍旧读她的书，只是活动空间缩小了。

我居然还曾想玩遍巴黎!

这段时间里，前线的消息还算乐观。战事不再占据头版头条。差不多只有一两栏新闻。仅仅是为了安慰那些坚守在马奇诺防线上的无所事事的士兵，我们并未将他们忘记。自从在报纸上读到他们在营地前种上玫瑰以慰藉无聊的心灵时，我们就再没有操心过战争。满天飞的动员令只是在动员，又不是真的打仗，真是场“滑稽的战争”。我们的一大乐趣便是给报纸上缺的词填空，以此消磨时光。报章上隐去不详的空白太多，以致有些文章变得支离破碎。

“巴黎，12 名行人因路面 [　] 滑倒摔伤而住院。”

“结冰！”

“完全正确！”

就连天气预报也禁止刊登，怕无意中为敌方提供了线索。

M 夫人完全沉浸在生活的喜悦之中，这样的她是我从未见过的。她常常出门，也不忘满足我的好奇心。她会为我一一复述此去的见闻，有隆尚宫的赛马，有为支援战士而举行的募捐……她为我描述路上看到的行人，还送我一些时新的衣服，这些衣服的命名和颜色都是根据彼时的历史背景来的，比如“坦克外套”、“探亲假短睡衣”等等。只是，照我当时的状况，它们派不上多大用场，我的肚子已经高高隆起来了，不过等我们回去时，我可以给妈妈穿。

这些衣服都是她照着村妇们爱做的样子买的，到时候大家肯定会喜欢得疯抢一气。可见她是个周到的人。

我尝试着在调色盘上调出新的颜色。“马奇诺”蓝、“飞机”灰、“法兰西大地”米褐，等等。我把所有这些颜色混在一起来呈现自己阴暗的想法。我想不出要画些什么，因为思虑重重，只能临摹名作，总比什么都不画强。

她早就料到我成天关在屋子里肯定会很闷。为了让我不至于对周围的一切感到生疏，她特意在我的房间里挂了一幅巴黎地图。她出门之前，会先在地图上为我指出她要去的地方。接下来的几个小时里，那几条路的名字就会在我脑海中不停回响。我的肚子一天天隆起来了，与此同时，我了然于心的巴黎的“区”也一天比一天多。她给我看照片和明信片，各个景点的都有——埃菲尔铁塔、协和广场、凯旋门、卢浮宫。她答应我生完孩子就带我一一游览，她为未来定下许多计划，满口都是“以后”。我早应该看穿她的鬼把戏，就像玩报纸上的缺词填空一样。可她对我真好，让我一刻也无法怀疑她的打算。

她送了我一只小猫，这样她不在我身边时，我也不会感到那么寂寞了。这只小猫全身都是灰褐色的，只在头顶有一撮红棕色的毛。我叫它阿尔多，因为我心里挂念着阿尔贝多，还想上他的课。M 夫人对他说我留在了村里，等她生完孩子回“旋梯”后，再重新开课。阿尔贝多住在巴黎，她不敢告诉他我也在，不然他肯定会问我怎么不能去他的工作室上课。这一切对我而言都很复杂。对她却不然。她轻而易举地周旋在一环环骗局之中。

为了把我拴在家里，她还在我房间放了台收音机，专放TSF（法国最著名的爵士乐电台）的节目。我总抱着它听，听的大部分都是音乐。为了让腹中的胎儿也能听清楚，我把音量调到最大。我们俩真是同病相怜：都只闻声而不见人。

我叫他宝宝，M夫人叫他“我的宝宝”。我什么也没说。还有很多事情，我也都一声不吭地顺从了。不要用手在我肚子上摸来摸去，不要再以她的宝宝的名义对我指手画脚。不要把我房间的窗户关上，油彩的气味对宝宝不好。对她的宝宝好不好，才是她唯一关心的。

我们俩的体型总是保持一致。我的肚子一天天鼓起来，她缠在肚子上的布条也随着加厚。她从不解下那些布条，即便是在家里。她会效仿我的所有动作，那矫揉造作的姿态看着叫人作呕。这样人家就会以为她真的怀孕了。不管怎样，她身边的人都信以为真。

她舍不得错过这十月怀胎，就好像怀孕的是她自己。她不厌其烦，一次又一次地问我有什么感觉。我是否感觉到了它们。香槟酒里咕嘟咕嘟的小泡泡。她那些已经做了妈妈的朋友总会这么问她，可她却答不上来。我根本搞不懂她说的是哪种感觉，我可能和其他孕妇不大一样，时不时地，我还会幻想自己根本没有怀孕，我又变回了从前的小女孩，月经也没了，它知道我要拿它做什么之后，就自动消失了。一想到这儿，我心里就会比之前宽慰一些。只要肚子里的这个滑稽的肉馅不要再膨胀，我就能重获自由，就能回家，和爸爸妈妈团聚。和你团聚。终于，有一天晚上，在钻进了鸭绒压脚被之后，我忽然找到了这种感觉，就在我小肚子的最下面，比我原先估计的位置要低不少，一下，又一下，这哪是什么香槟酒里的小泡泡，明明是一条条小鱼在水里摇头摆尾。我根本没喝过香槟酒，怎么可能感觉得到它的小泡泡呢？可是池塘里的小鱼，我是亲眼见过的。婆娑的细雨下，池塘里一条条小鱼在水面欢快地跳跃。

之后的几个星期里，小鱼的摇头摆尾变成了轻轻颤动，一开始只是微微动一下，后来就越来越激烈，直到我的肚皮被一次次震动拱得变了形。小脚，小手，肘部。我猜宝宝是嫌空间太逼仄才不愿意老实待着。我又何尝不是。

我唯一有权过问的就只有我的肚子。我怎么可能不细细观察、精心描绘它呢？我的全部身心都扑在了上面。在怀孕之前，我还算诚实。可是怀孕后，这一品质就同我无缘了。越是忙于应付M夫人纠缠不休的提问，我就离我当初许下的诺言越远。可也许无论发生怎样的变故，我都注定会日渐背离这个诺言。也许，想为另一个女人生孩子的意愿从头到尾都只是个泡影。我不知道。然而确实有人这么做了。

夜晚，我睡不着觉。胃里烧得难受。为了捱过失眠的空虚，我会做点记忆力练习。我在屋里踱步，在记住某个房间里的所有摆设之前不准自己进入下个房间，这对于我临摹名画来说颇有裨益。最重要的是，这样一来，跟宝宝说话的时候，我就不用提到我和他们之间的事。“你看，这是一本书，那是一只花瓶，这个我不知道是什么，我们就叫它‘蓝色的玩意儿’好了，这是抽屉，这些是弹药，那是一把手枪。”

我在脑海中描画出父母的轮廓，尤其是母亲的。我会忍不住告诉他：“你看，这就是外公外婆。”他们是我对他提起的仅有的两个活人。

我会想象他的小脸蛋，他的眼睛，他的头发，他的身体。我希望他能长得和我分毫不差。但愿他出生的时候长着和我一模一样的面孔，这样她就不敢把他抢走，因为所有看过我俩的人都会说：“他和您的朋友安妮简直是一个模子里印出来的。”

我给宝宝取了几个名字，她都接受了。这对她来说无关紧要。她想要的只是孩子，不是名字。我不喜欢她回答我的语气。我忍着不反驳她说，她想要的根本不是一个孩子，而是“我的”孩子。我想把话说完，却只是在白费力气，她根本不会听。现在，让她给我买绘画材料的时候，我再也不会感到不自在，因为我们两清了。我真希望有一天我无止境的要求会让她忍无可忍，一气之下把我扫地出门。我也想过逃走，在大街上把孩子生下来。但这之后呢？耻辱。未婚妈妈。贱人。这类故事我早听腻了。如果我的父母再年轻一些，别人也许会把他当成他们的孩子。我敢保证我不是第一个变成自己孩子姐姐的女人。“安妮这回要高兴坏了，她终于有了个弟弟，以前大家都说，安妮总对自己是个独生女耿耿于怀。”

可是这根本不可能，没人会信的。最可悲的是，连我自己都相信我的孩子和她生活一定会比和我在一起幸福。我难道不是因为这个才答应跟她走的吗？预产期每临近一天，我就用笔划掉一天，最后一天，我的灵魂就会灰飞烟灭。她就好像我肚子里的蛔虫一样，有一晚，她过来安慰我，说孩子生下来以后，我想什么时候看他就什么时候来，要是我愿意，我们可以住在一起，至少在她丈夫回来之前这完全不是问题，就算他回来也没关系，反正他肯定也想让我留下来，我可以做孩子的奶妈，等他长大了，懂事了，再看情况要不要告诉他真相。她以为她撒的谎滴水不漏，可我心里清楚得很。但是一想到要把孩子让给她，我的心就会滴血，只能任由她摆布。我是多么无助。

在巴黎漫长的几个月里，我没有收到一封来自父母的信。我以为是父亲说到做到:“你想尝尝父女反目的滋味是吧，好，等着瞧，看我们会不会写一个字给你。”刚把小木马送给我，父亲就扔下了这句狠话。他的脾气我很清楚，可那时候说出这种话来，谁也受不了。我这次出走，他竟然如此怒不可遏，也算让我见识了他的火爆脾气。我舍不得妈妈。她肯定一天到晚都在爸爸面前替我求情。我好想她，想和她一起度过怀孕的这几个月，体会我在她肚子里时她的感受。

“你父母一切安好。”M 夫人转给我的永远是这么一句话。她满脸堆笑。“你父母一切安好。”该死的骗子。

“雅克还留在‘旋梯’，”M 夫人说，“我们回去之前，他留在那儿看家。”他的一条腿是残废的，侥幸逃过了兵役。正是他每周北上一次给我捎来父母的消息，可是，我从来没见过他，只听过他的声音。他也没见过我，因为M夫人不想让他知道内情。除了我们俩，知道这个秘密的就只有索菲。M夫人会先把我的信交给雅克这位掌管命运的邮差，再由他交给我的父母。我还是会给父母写信，但写得不多，常常找不到话题，即便是谈谈天气也没那么简单，我必须要让他们觉得我是在科里乌尔，尤其不能让他们发现我怀孕了。

M夫人怕信封上的邮戳会暴露我们的行踪，故意让我父母觉得那些信是附在她寄给雅克的包裹里的。她不允许出任何一点纰漏。在我们出发之前，她就已经集了二十多张科里乌尔的明信片。有几张还特意留了备份的，她觉得这样会显得更逼真，因为人们经常会不小心把一模一样的明信片寄上两次。

在把信交给雅克之前，她会先检查一遍。她怕我在信里戳穿她。我讽刺她是读信的"吉侯杜"[1]。战事正酣，我和她之间也是，很多东西我不会跟她挑明。

她经常提出想看看我的肚子。她两眼愣愣地盯着我的肚子，直到肚皮上有小包鼓起来才能把她赶走。她内心的慌张在眼中跳动，像一个可怜的乞丐那样眼巴巴地望着我，而我却懒得同情她。谁都有被折磨的时候，今天是她，明天就是我。等孩子抱在她手上的时候，被同情的那个人就是我了。

我总对她扯谎。时间越久，我就越不愿意在回答她的问题时

1　让·吉侯杜（Hippolyte Jean Giraudoux，1882—1944），法国作家、外交家。——译注

说实话。每次她问我宝宝有没有踢我的时候，我都会告诉她什么感觉也没有。这完全是假话。她却信以为真，因为她无从鉴别真假。一想到她在城里吃晚饭时不停地咕哝着“没，我什么感觉都没有”，我就忍不住想笑，我喜欢想象饭桌上其他女人投向她的怀疑的目光。

能激起我绘画欲望的，只有我自己的身体。只是，我很清楚，如果被她发现满屋子都是我画的怀孕的身体，她一定会抓狂。所以，我总是速战速决，草稿一完成，就赶紧用其他色块、景物遮起来，常常是一抹天空。她应该发现我总是在画天空。因为我的窗外只有天空，她不会多心的。

这幕闹剧整整持续了 174 天。我身陷囹圄 174 天，只有 16 天的自由。某天半夜，她突然叫醒我，说有惊喜。门前有辆车在等我们。一个小时后，我们在一间磨坊前停了下来。我以为这只是个中转站，却不想已经到了目的地。她想让我出来散散心。到这儿来既花不了多少钱，又对我腹中的胎儿有好处。一间厨房，一个狭长的主厅，角落充当盥洗间，只有一间卧室，地下室住不了人。满眼浮灰，磨具横七竖八地堆着，住进这个磨坊让我非常莫名，因为这里毫无干净舒适可言。但是，至少能让我出去走走，透透气。我总在户外待着，那时已经是 5 月末，大自然渐渐复苏。我带着素描本和炭棒出去写生，重新找回了点儿灵感。我一个人享受这片大地，还有那只成天跟在我屁股后面的阿尔多。而她呢，寸步不离磨坊，成天钉在窗户后面的椅子上做填字游戏。她待在那里，很放松的样子，可只要一有风吹草动，她就会抬头看看。她非常怕我们被人发现，我看得很清楚，她也非常怕我逃走。我倒是想逃，可都已经怀孕7个月了，宫缩已经出现。要沿着小溪一路走下去，还得遇上能救我的人，可能性微乎其微。何况她的心思我早已看透，我们能搬到这儿，就说明方圆十公里之内一定荒无人烟。

我们从未彼此这样疏远。不过晚上我依然要和她睡一张床，因为只有一张床。索菲睡在厨房的草垫子上。M夫人总是等我睡熟之后才上床，天一亮她就醒了。我们井水不犯河水，守着各自的“马奇诺防线”。我睡不踏实。我观赏着这幅滑稽的画面。两个孕妇挤在一张床上。我们俩的肚子把被子撑出两道圆弧，好像一头双峰驼睡在房间里。双峰驼有两个驼峰，而单峰驼只有一个，我的肚子就是一个驼峰。我得想好怎么应付她的每一个问题。她呢，她也睡不好。睡梦中的她十分躁动，总是说个不停。我想扯下她肚子上缠着的布条，一股脑全都塞进她的嘴里，直到她窒息而死。每天早上，她身下的那块床单总是湿成一片，全是她的汗。在这里洗不了床单，只能任这股酸臭在房间里弥漫。我本想向她发牢骚，说这股骚味对胎儿不好。有天我还拿这个和索菲开了句玩笑。第二天晚上，她把腿跷在了我的腿上，把我弄醒了。我猛地发现双峰驼在倏忽间变成了单峰驼。于是蹑手蹑脚地掀开了被单，一瞧，她竟然把肚子上的布条都解开了。不，她没有解，睡在我旁边的那个是索菲。第二天，M夫人向我解释道，如果她总是说梦话，肯定会吵得我睡不好觉，这对胎儿不好。

我们在那里短暂停留了16天之后，再次回到巴黎。两个月之后，孩子出生了。

她突然走进我的房间，递给我一只洋娃娃。

“看我刚刚买了什么。”

“真好看。”

“可不止好看……按一下她脖子后面的那个按钮。”

“妈妈！妈妈！”

听着洋娃娃的这几句“妈妈”，一阵剧烈的宫缩突然袭来。

无论哪个孕妇在读了这些信之后，心里都会不得安宁，我是这么想的。

但我还没到身陷其中无法自拔的程度，我依然确信这不过是一本回忆录性质的小说。只是它的作者一直没有现身。

我也非常想念我的妈妈，也想体会我在她肚子里时她的点滴感受，我也非常孤独。

我不止一次发现，有生必有死，好像地球上真的有“灵魂守恒”一样。没过多久，我就尝到了“新人换旧人”的可怕轮回的苦涩。在我告诉妈妈我怀孕之后的第四天，妈妈去世了。在成为母亲之后短短几天就失去了自己的母亲，我觉得自己像个被流放的犯人。

我从未想过我的孩子会见不到她的外婆。

妈的！她为什么要在羊肠小道上开快车？

合上信，我差点没忍住给尼古拉打电话。不管怎么说，逃避总不是办法，对他隐瞒我怀孕的事并不好。要尊重他说“不想要”的权利，他不想要，这我很清楚，可至少得让他亲口说出来，也让我从他的阴影里走出来。

他将苦苦哀求我把孩子流掉，说我们认识才这么点时间，也许，过些日子，想生就生一个，但不是现在，还太早了，听到这些的时候，我对他的感情也将不会维持太久了。

以前，我觉得堕胎是件好事：它是现代社会的标志，代表了妇女的自由意志……可现在，我只当它是个陷阱，和其他所有陷阱一样，它们都打着“自由”的旗号。妇女的进步，谁说的？把孩子生下来，我对尼古拉会有负罪感，去堕胎，我对孩子会有负罪感。堕胎把女人从生育工具的奴役中拯救了出来，不错，可是它又把女人推入了另一个陷阱——她的负罪感。母性前所未有地成了我们唯一的合法行为或罪行。

我，我宁可毫无选择。在三十五岁的年纪，妈的，如果还不敢承担纯属自愿的一夜情的后果，那我还能承担什么？如果我们不再是自己生活的主宰，那我们还能去往何方？我们还能对什么负责？

于是，我告诉妈妈，我怀孕了。她吃惊地跌坐下来。我都没想到先安顿她坐下，我原先以为只有蹩脚的广告里才会出现这一幕。我俩之前从来没有讨论过这个话题，她一直都以为我不想要孩子。

我当然一直都想生个孩子，只是没能找到合适的男人。这一次，我以为我找到了，但是很不巧，还没征求他的同意，我就怀孕了。在我打算向他摊牌的那个晚上，一盆冷水浇得我心里透凉，他告诉我他哥哥家刚有了小孩，他可不想像他哥那样，他还没准备好，完全没准备好。

所以我说不出口，但我好好考虑过了，不管他怎么想，我都要这个孩子，我什么都不在乎，我已经三十五岁了，身体等不了了。

妈妈说她很理解我。我说她肯定会是个完美的外婆，她说，那还用说。不过她又加了句，有一个孩子挺好，可是如果能添一双，那就再好不过了。

在回想妈妈带着骄傲的口吻说出的这句话时，我对自己说，下次尼古拉再打电话来，我一定要拿起话筒。我应该好好和他谈谈。

生孩子那天是我的受难日。哮喘病又发作了，是我这辈子经历过的最严重的一次，索菲为我接生，只听她嘴里不停地咕哝着“可怜的安妮啊，可怜的安妮啊”。在某一刻，她意识到自己一个人根本应付不过来，就让M夫人去请医生。我清楚地看到她站在那儿迟疑了好一会儿。“她怎么回来得这么慢。反正也不是她生孩子。”索菲气极了。我以前从没见过她对M夫人生气。

我不知道接下来发生了什么，我疼得晕厥了过去，只知道M夫人是一个人回来的，她根本没去找医生。你能想象吗？她宁愿看着我俩死掉，我和我的孩子，也不想自己的秘密被人戳穿。她还假惺惺地说当时是在教堂为我们祈祷。真是太感谢了！

我失血过多，索菲一直寸步不离地照料我，路易丝出生之后，她仍陪侍在我身旁。她已经不再是为了服从主人而照顾我，而是出自真心。她说如果我有个三长两短，她一定不会原谅M夫人。

但是，我很害怕。我很清楚M夫人什么狠招都使得出来。她既然能眼睁睁地看着我疼死，也就敢要我的命。更何况，露易丝已经出生了。甚至直到今天，我依然相信，要不是索菲和我们住在一起，她肯定早就把我灭口了。索菲对我说，我一定是疯了才会这么想，她的主人决不至于走到那一步。可我分明在她的眼神中捕捉到了怀疑。在离开我的房间之前，她借着帮我理枕头的当儿悄悄对我说，她会看着M夫人，不让她在我的饭菜里动手脚。

露易丝出生于1940年5月16日。

就在分娩的前几天，我写了封信给父母，就是我刚刚跟你提到的那封。在信里，我什么都坦白了。可是，我不知该怎么把信交到他们手上。于是我想到了索菲。必须要让父母读到这封信，否则我不会安心的。万一我有什么不测，我得让他们知道还有个小外孙女在。我不信任雅克，不想让他转交。我从来都没有喜欢过他看我的眼神。索菲说我多心了，雅克是个好人，可是我更希望由她来寄这封信，她发誓一定会照办。她不像是在糊弄我。我觉得她能靠得住。我琢磨着她也不想让自己变成一场悲剧，甚至是一起谋杀案的同谋。可是，在信箱跟前，她犹豫了，她不能背叛自己的主人，他们待她不薄，她是个犹太人，他们还帮她转了国籍。于是，信没有寄出去。她一直都没告诉我。这大概就是事情的经过了。

但我让她付出了沉重的代价。她本不该骗我。

我花了好长时间才从分娩的痛苦和疲惫中恢复过来。我太虚弱了。M 夫人没有离开过家半步。就像最开始的时候，我们天天都窝在同一间屋子里。只是，我再也不画画了，而她也不再读书了。我们一起照看露易丝，变成了心照不宣的敌人。当我给露易丝喂奶的时候，她那嫉妒的眼神就像锥子一样刺在我身上，可我心里是踏实的，因为只有这个时候，她才不会把孩子从我怀里夺走。剩下的时间里，我是被迫的。被迫忍受她对孩子所做的一切。把孩子抱在怀里，放在摇篮里轻轻地摇着，对着她的小耳朵眼说悄悄话，叫她"我的宝贝"。在我卧床不起的时候，她还带她出去散步，而我总是病怏怏的，连起身的力气都没有。

我很想带着露易丝一起逃走，逃回家里，现在的我，心里坦荡得很。她是我的孩子。可我却不能对 M 夫人说我们错了，我们怎么可以让一个孩子同她的母亲骨肉分离，这天理不容。她什么也听不进去，只会离我远远的。可我还得假装自己能扛得住，装作顺从的样子，这样她才不会怀疑我要逃跑。在身体复原的这段时间里，我一定会找到带露易丝逃走的办法，总有一天。

可是，这一天让我等得好苦。

就在我刚刚可以下地走路而不会太疲劳的时候，有一天早晨，她进了我的房间，让我给露易丝喂奶。露易丝那时差不多一个月大了。喂完奶，她就把她从我怀里抱走了。我跟着她，她把房门反锁。露易丝在哭，我听出这哭声不同于以往。我敲门，没有任何回音。露易丝越哭越大声。我害怕起来，叫索菲快过来。我到处找她，最后，进了浴室。

太可怕了。我的猫阿尔多漂在浴缸里，死了。M夫人杀了它。是淹死还是勒死，我不知道，水已经被血染红。我跑回那个房间门口，求她把门打开，露易丝已经不哭了。我怕极了，怕她会伤害孩子。我想找个帮手，到处找索菲，可是就连大门也被锁上了。

突然，M夫人的声音从背后传来:“滚！这里已经不需要你了!”她站在楼梯的高处，挡住了我的去路，我质问她对我的孩子做了什么。她回我说：“你哪来的孩子，你根本没有孩子，我能对你的孩子做什么！”她真心替我感到难过，并祝我能早日生一个出来，可是在这之前，请不要再来骚扰她。她还说：“你这个疯子真是无可救药，成天想着把我女儿抢走，给我滚，越快越好，让大家都有条活路。”她在说“大家”这两个字的时候，显得那么义正辞严，我仿佛被一根根牵着木偶的线拉出了大门，即使我心里有一万个不情愿。

我终于看透了，这个女人宁可杀了露易丝也不想失去她。我走了几米远，那座房子已经被甩在了身后，我怕她站在窗口偷看，想快点逃出她的视线，不想再刺激她，让她静一静。我转进街角，找了条长椅坐了下来，想理一理头绪。

我看了看四周，全是穿着黑靴、戴着绿手套的士兵。怎么可能，他们怎么会在这里？我跟在他们后面，在香榭丽舍大街上停下了脚步。就好像我的噩梦还没有做完，到处都是坦克、卡车、德意志国防军的装甲车。他们在十字路口布置了机枪，骑兵、步兵埋伏在各个街道。他们怎么会是这副模样：报纸上写的明明都是些佝偻着的、病快快的、衣冠不整的大兵。而我眼前的这些人，一个个健壮、高傲、帅气，全副武装着锃亮的武器和崭新的皮具。我听出了生硬的金属质地的口音。德国人打进来了。巴黎已经沦陷，而她却什么都没告诉我。我瞪着他们，把眼睛睁得老大。这伙荒诞的游客，他们还在拍照片。我以为他们会把我拦下来，可他们连正眼瞧都没瞧我一下。我是没穿制服的人中唯一一个高昂着头的。稀稀拉拉的几个路人急匆匆地闪过，眼睛一律低垂着，只敢看路面。我竟然没有晕过去，真有点不可思议。我多么想折回去，把露易丝要回来。

我沿着香榭丽舍大道前行。我走上协和桥，穿过塞纳河。在我眼前，十来个德国兵正往波旁宫的屋顶上爬。他们展开印着"Deutschland siegt an allen Fronten"[1]的横幅。我不知道那些单词到底是什么意思，不过这无关紧要。到了圣日耳曼大街，那里已经被他们钉上了德语写的指示牌，那些大兵，一个个跟猴子似的，上蹿下跳地去挂纳粹旗。黑白红的卐字旗四处飘扬。这些旗帜巨大无比，有几面从房顶一直拖到人行道上。它们把建筑的表面都给包了起来，巴黎俨然成了一座"无墙之城"，而卐字旗让我联想到了死迷宫。我继续走着，看到人们缩在自己的公寓里，鼻子贴在窗玻璃上窥探着，都是一副受惊的样子。我像个生病的木头人一样在城里游荡。在拉斯帕耶大街，法军的军帽和头盔被挂在德国车的防护罩上，变成了令人心寒的战利品。我还碰见几个囚犯。我不敢仔细看他们，

1　德语，意为"德国战无不胜"。——译注

怕认出谁来。太阳炙烤着大地，我本想大口大口地呼吸新鲜空气，可现在连大气都不敢出。不知坐下来歇了多少回，头顶盘旋着飞机，汽车里发出了警告，说晚上 8 点以后留在街上的人会被枪毙。我走到普朗特路，指示牌统统都不见了，卐字旗没了，骚动的德国鬼子也不见了。空旷的路上一片死寂，一个人影也没有，百叶窗都紧闭着。他们已经到了，只是还没来得及在他们的领土上打上记号。这群恶狗！萨布利埃路、伊波利特—曼德隆路，3 号，14 号，32 号，46 号，我不知道自己是怎么记起阿尔贝多工作室的地址的，他确实就住在伊波利特—曼德隆路 46 号，或许拴在我身上的木偶线还没解开。有一天，她在地图上指过他的住处。而我在梦中已经来过好几回了。我从窄小的入口进去，穿过一方小小的院子。我要把一切都告诉阿尔贝多，他肯定会相信的，他会帮我要回露易丝，会让 M 夫人恢复理智。可是，他竟然不在家。

我不知道等了多久，晚上就睡在他家门口。两天还是三天之后，他把我摇醒。然后疯了似的冲进工作室，扑通跪倒在地，双手不停地抠着沙地。走之前他把雕塑都埋在了地下，看到最满意的那几件作品都还在，他才舒了一口气。一路上，他看到无数的房子被洗劫一空，他觉得多亏了我，它们才得以幸免于难。至于我为什么会在这儿，他问都没问一句，好像我本该在这儿一样。好像我就是条看门狗，是为了帮他守住宝贝才睡在门口的。我想，也许这些天来的遭遇太过震惊，他还没有缓过来，自然不会对我好奇。

他们等到最后一刻才离开巴黎。战火烧到了家门口才让他们不得不相信德国人已经打进来了。他和他的兄弟迭戈一起，骑着自行车就上了路。他们原本的目的地是波尔多，到了那儿再往美国逃。成千上万的人在逃难，鬼子的歼击机就在头顶盘旋。他们在一次袭击的尾声到达了埃唐普。人群发出绝望的尖叫，到处是支离破碎的尸体，一辆大客车满载着烧焦的儿童。他们并未因此止步，在奔涌的血海之中一刻不停地蹬着自行车。恐慌渗透到每个角落，与一群避难者睡在壕沟里的时候，阿尔贝多不再害怕死亡。经常想到死亡的他在人群中找回了勇气。如果有人要死，他准备好了死的是自己而不是别人。四天的时间里，他们连三百公里都没走到。跟着大部队走，离波尔多越来越远了。他们到了穆兰，但是第二天下午，德国鬼子就把这座城市占领了。一切都结束了，逃不掉了，于是阿尔贝多决定折回巴黎，反正都要被囚禁，他宁愿被关在自己的工作室里。

回去的路上更是惨不忍睹，车、尸体、遗弃的行李、一颗胡子拉碴的人头、一只女人的手，嵌着祖母绿的手镯还戴在手腕上，还有一块块浮肿的马的残骸。漫天的臭气叫人闻了想吐。他们第一夜是在路边的田野里度过的，可尸体的腐臭熏得他们合不上眼，于是便起来继续赶路，直到发现我睡在他工作室的门前。就是这样。那我呢，我在这儿干吗？

这个问题提得太晚了。我只想着一件事。

母亲到底有没有买过祖母绿的手镯？

父亲是不是蓄起了胡子？

我害怕极了。听他讲完这一路的惊心动魄，我还有什么话好说？——我连一具尸体也没看见过。只是在被你的朋友监禁了六个月之后，刚被她扫地出门，她还一直不敢告诉我德国人打进来了，你懂的，她觉得“对胎儿可不好”……而我呢，我什么都不知道，唯一重要的事情就是我的孩子。——什么孩子？——对啊，什么孩子？呵，是我替她生的孩子，主啊。她叫露易丝。但你要是去见她，她肯定会告诉你，这是她自己的孩子，而我是个疯女人，一心想着抢走她的孩子，因为我嫉妒她。如果你去问她周围的人，他们肯定会异口同声地说我在撒谎，他们亲眼看见她怀孕了。

我不能对他说这些，要是他不相信我怎么办？我闭上眼睛，如果连德国鬼子都打了进来，那么也许我根本就未曾怀孕，也许这一切不过是一次精神上的打击，一种心灵的创伤。我的感官世界仿佛早已与外部世界隔离开来，以至于我甚至怀疑曾经经历的种种是否真实。可是，那对胀痛难忍的乳房让我不得不承认，露易丝是真的。那我能怎么证明呢？给阿尔贝多看我的奶水正在往下淌吗？张开大腿叫他验一验吗？让他感叹，尽管比不上他一路经历的腥风血雨，可眼前的这条血路也绝对算不上赏心悦目。把什么都告诉他，此时我已经想都不敢想了。妈妈到底有没有买过祖母绿的手镯？爸爸是不是蓄起了胡子？我必须马上回家。

我问阿尔贝多借了自行车，可他不想让我单独上路，太危险了，而我又是这么苍白虚弱。你身体还好吧？

其实我早已对疼痛无知无觉了，这一点他无从得知。我的眼前已是虚空一片，即便是猪在尸体上拱来拱去，我也能视而不见。女儿已经被人抢了去，双亲也下落不明，我还有什么好怕的呢。等他睡下我就动身，回来时再把自行车还给他，我比他更需要车，他的雕塑失而复得，而我得先把我的父母找回来。

露易丝生于1940年5月16日。

我生于1940年6月28日。

我害怕，怕信里说的那个孩子就是我。

不过，我的父亲没当过记者，战后他开了家印刷厂。

确实，在我出生之前，我的外公外婆就已经去世了，可这世上又不止我一个没见过外公外婆，我肚子里的孩子不也是吗？

最重要的是，我还有个弟弟，最最亲爱的皮埃尔，他是母亲能生孩子的最好证明。

那天晚上，我和尼古拉一起吃了晚餐，这是我几个星期以来第一次和他见面。我跟他讲了这个故事，他笑得快岔了气，说我编小说的癖好可一直没变。

我敢不敢告诉他，此时此刻，我最大的癖好是给他生个孩子？

我瞒不了他多久，那些最宽松的毛衣都快穿不上了。如果，他还幻想着能在床上和一个小腹平平的女人重修旧好，那失望是难免的。怀孕之于男人，首先意味着天底下又少了一个可以上床的女人。

父亲坐在饭厅里。我进门的时候，他惊得站了起来，可惜，他等的人不是我：母亲失踪了。他把村子里里外外都搜了个遍，也没找到她的踪影。他很绝望，以为她肯定是跟村里人一起逃难去了。他从牢里放出来的时候，回到村里一看，一片狼藉，人都走光了，村子也都被掏空，连兔笼子都被拾掇走了。到今天，父亲已经回家两个星期了。

1940 年 6 月 3 日，监狱看守把犯人押到了院子里。因为当局怕他们会被德国鬼子逮去，为了保险起见，就想把这些人遣散。自从苏德签订了互不侵犯条约，德国鬼子就跟苏联人好上了。他们很可能要攻占下一座监狱，所以必须快点逃，看守们动手打犯人，指着鼻子骂骂咧咧。将近正午时分，当时他们正从巴黎穿城而过，一个看守忽然把他拉出队伍，冲他说：“快滚，滚得越远越好！天上掉馅饼的好事别指望有第二次！”就这样，他重获自由。他自己也说不清这到底是走了哪门子的好运，可不管怎么样，他自由了，这比什么都重要。

他对我讲述这一切的时候，我简直不敢相信自己的耳朵。我不曾有一刻想到过我的父母竟至于分离，在我往死里蹬着自行车，想要即刻赶回家的时候，我更不曾有一刻想过那遍地的尸体中也许有一具就是我的母亲。

“你父母一切安好。”M 夫人带给我的消息永远都是这一句。该死的骗子，雅克还骗我说在照看他们。

如果当时她告诉我父亲被抓进了牢里，我一定会回去，回到母亲身边。她很清楚，我说到做到，谁都别想拦着我，无论是她，还是我肚子里的孩子。

我本应对他们诡异的缄默有所怀疑，我还以为是父亲没消气，哪想到他已经沦为阶下囚。我想象着母亲天天为我说好话，谁料到她竟然是日复一日地责令自己放下给女儿写信的念头，因为生怕扰了“我在科里乌尔的快活日子”。她肯定总是这么劝自己，我提前回来也不能把父亲放出来。一定是这样的，所以她才没给我写信。她肯定还想着我大概也没指望会收到他们的信。我走的时候，父亲的态度那么坚决，发誓绝不给我写一个字。

M 夫人的谎言让我心惊胆战。为了得到露易丝，她挖空了心思。现在为了把露易丝留在身边，她肯定会变本加厉，设计更多的阴谋诡计。仅仅是想一想，我就怕得心底打颤。父亲锒铛入狱，德国鬼子胜利在握，巴黎全城沦陷，她到底还有什么瞒着我？接下来，还会有怎样的惊天秘密等着我呢？

可是，就连父亲也对我撒了谎。苏德条约签订之后，他发誓说要退党。为什么他后来却食言了？如果当时退了党，妈妈就不会失踪。因为他可以保护她。我突然对他吼了起来："这下你高兴了吧？！斯大林的新朋友可能已经要了妈妈的命！真不好意思，我忘了这事儿还能给你脸上增光！"

"闭嘴！"

父亲一巴掌扇了过来，揪住我的头发一直拖到床头柜旁，拉开抽屉，当着我的面把党员证撕得粉碎。我没有骗你！我对那些大兵说，我不干了，他们都在那儿咧着嘴笑我，他们叫我别丢人现眼了，别以为撕了党员证就想一笔勾销。他们直到今天还在跟我过不去，说我是个贱人，说我是党的叛徒。骂的全是最难听的脏话！然后，我就被判了两年，还有 2 000 法郎的罚款。他们要来抓我，我根本反抗不了。全怪我那天在咖啡厅骂马奇诺防线上的杂种们成天无所事事，只知道消磨时间……

父亲的话音骤然落下，我用他看我的那种眼神回望过去，哀求他不要再说下去了，我已经知道接下来他要说什么，我不敢听。

"苍天啊苍天，你醒醒吧，蠢丫头！你以为整件事情你一点责任都没有吗？把罪名都推到别人身上，谁都想这么干，可是你为什么不说，要不是你跟那个少奶奶跑了，你妈怎么会孤零零一个人……"

这是我出生以来第二次见到父亲流泪。第一次见到他哭，是苏德条约签订的那天。

是的，我想把责任都推到他身上。但我知道我有罪。我是自主自愿地离开的，而他却不过是一个对这场政治闹剧无能为力的傻瓜。夜幕降临。

许久之后，父亲把手搭在我的肩头。突然停电了，他去找蜡烛，现在是两个人了，得点根蜡烛照亮。他这么说着，时不时瞟我一眼，这是我再熟悉不过的眼神，只是比往日要显得忧伤，可至少，那时他还会看看我。之后，我们为他的出狱庆祝了一下，家里没什么吃的，但出去找找总会有的。他紧紧搂住我的肩，而这也是他留给我的最后的温情。他还问了我这些日子有没有好好画画，我的画架现在是不是矮了点，因为他发现我长高了。我恹恹地找不到力气回答他，而他，甚至连起身找蜡烛的劲儿都没有，又坐了回来，我们就这么待着，默默无言。四周是浓重的黑夜。父亲只是发现我长高了，可见他根本不知道露易丝的存在。

等他睡下，我打开了母亲的衣箱。如果母亲走的那天没有把我的信随身带走，那现在我肯定能在她的衣箱里，在她那本《圣经》旁找到那些信。然而，箱子里一件衣服也没有，《圣经》也不见了，只是我的信都还在，用一根白色丝带捆好放在那里。一封不少，除了最后那封，最重要的那一封。至此，我如梦初醒。

直到现在我才终于知道索菲根本没有把信寄出去。

如果妈妈知道发生在我身上的事，知道孩子的出生，她就不会走，我敢打赌。妈妈她一定会等我回来。我困意全无，只想着出去透透气，走一走。身上的疼痛像针扎一般锐利，我整个人蔫了一般，皱巴巴的。可是，心中的战火却越烧越烈。战争，这才是真正的战争。我试图忽略游荡在村里的猫狗的惨叫。人们逃难的时候遗弃了它们。还有那些奶牛，有些日子没人挤奶了，它们痛苦地哞哞叫着。像我一样。我的乳房胀痛。乳汁顺着衬衫流淌。我在“旋梯”的铁栅前崩溃了。我毫无知觉地走到了这里。我放声痛哭。我喊着妈妈。

几个星期以来，我们每天都在等她回来。我全心全意地祈祷她能平安，愿她能有安身之处。每天都有人陆续回到村里，可是没有一个人见过母亲。

等了些时日，妈妈还是杳无音信，我们决定学别人在报纸上登寻人启事，就只剩下这一条路了。可是，我们不知道要在启事里写些什么。她什么时候在哪里失踪的，当时穿了什么衣服，这一切，我们都一无所知。为此，我试着推断。妈妈没有很多裙子，我可以看看少了哪条。然而，站在她那打开的破旧衣橱前，我发现自己认不出她的全部衣服。好多个月以来，我都没有留意过这个我现在全心爱着的人。一个你连看都懒得看的人，上帝要把她收走，你又有什么可埋怨的呢?

可是，如果我们不放弃找她回来的希望，就必须写点什么。所以，我们写了她的名字、年龄、银发。这些，我们可以确定。她脖子后的凹陷处有颗痣，就长在头发生出的地方。甚至连她右边那颗磕碎的犬牙也写上了。还有她可能随身带着《圣经》。除了这些，再没有什么是肯定的了。她可能是跟别人一起走的，但半路上走丢了。最后，最最重要的是注明发电报的钱由我们来出，我们不想为了几个钱而错过她的任何消息。直到 1940 年 11 月 30 号的那个星期五。

我即便死了也不会忘记那一天，就在你回来后不久。我也在为你担心。你根本想象不出看到你我有多高兴。在这望不到尽头的时光中，我第一次这样鼓励自己："会好的，都会好的，路易已经回来了，从现在开始，一切都会好起来，妈妈也要回家了。"紧接着我们就收到了这封电报，我们唯一不想收到的消息。

很遗憾通知你们（空格）欧仁·加洛瓦丧生于轰炸（空格）个人物品随后寄到（空格）

不敢相信。无法接受。最初的几天里是这样的。几天之后，包裹寄到了。她的《圣经》、婚戒、一些钱，还有我送她的顶针，这些东西她从不离身。我终于确信，妈妈死了。

我和父亲本来就无话可说，从这天起，一切都结束了。我把妈妈的婚戒递给他。他用它砸向我的脸。

"我娶的是个大活人，不是死人。"

我的家庭生活到此为止。再也没有我们仨了，我们俩也要散了。两个陌生人坐在一张桌子上吃饭，这就是现在的我们。甚至连吃都无法赋予这种悲怆的相对而坐以意义。

父亲收养了一只流浪狗，他会跟它说上两句——坐下，躺下，伸爪，好样的。从他嘴里说出来的话也就只剩这几句了。我像是隐形人，已经被他从生活里擦除。他对此也习以为常了，没有我的生活。在他眼里，我是杀死妈妈的凶手，而我无可辩驳，也许他没错。我做什么都不像她那么好，关于她的记忆装满了整间屋子。我一刻也待不下去了，在父亲视我而不见的眼神里，我找不到活下去的勇气，自责会一点一点把我逼死的。但是，为了露易丝，我这条命必须得留着。为了她，我得走。路易，原谅我的不辞而别，如果当时我去见了你，我肯定会对你坦白的。我不想你被蒙在鼓里。我那时脑子里只想着一件事：要回我的孩子。

我不知道自己是怎么读完最后一个字的。

合上信时，我脸色惨白，脑袋里嗡嗡作响，一遍遍做着同一个动作，将手指按在脖子后面凹下去的地方，那个头发生出的部位。

按在那颗痣上。

安妮把我留在公共浴室门口，连说了几遍她去去就回。我在浴室对面的咖啡厅等她，想起她刚刚说的故事，依然心惊胆战。

她以为索菲没有寄信，发誓会让她不得好死的时候，我能感觉到那一刻她眼神中迸射出的仇恨有多么强烈。真相出离了我所有的预想，我一辈子都会沉浸在深深的自责之中。

一刻钟之后，安妮回来了，她敲了敲我位置旁边的窗玻璃，冲我笑着，我这才发现她今天抹了点口红。她真美，比原先在村里的时候还要美。那个大兵可真有艳福。可是，看到她化妆，我还是有点不习惯，她已经出落成一个真正的女人了，而我，此刻也成长为一个真正的男人。她总是对我们变老的事实感到有点难过，即使我们还年轻，即使我是个男人。

她示意我出来。她很好闻。她听说有家馆子不错，我们还能在那儿找到好吃的，然后她接着讲刚才被我打断的故事，我想是时候对她坦白了，在太晚之前：

“是我给你们发了电报。你母亲就死在我眼前。”

安妮放下叉子，一言不发。

我至少要在这个布满谎言的故事里还她一个真相，虽然不能告诉她她母亲收到了那封信，但至少应该向她解释电报的事。

大逃亡时，我母亲坚持让我也离开村子，她不愿眼睁睁地看着我落到德国鬼子手上，像1914年那样。如果你父亲没上前线，他肯定也会劝你走的，母亲非常肯定地说。而她自己，却要和我那几个姐妹留守在村里，那是她的责任。她把裁缝用品店关了，重新把小学开了起来，给小学生们上课。自从某天早晨起，E小姐就再也没有出现在学校里了。她和其他人一样，人间蒸发了。

母亲跟我唠叨了很久，说我跟那些孬种不一样，我离开不是为了偷生，而是为了保存实力以备后患，因此，我必须从命。“所有超过十六岁的男孩都必须逃出敌人的魔掌。”

我本该和四个同样决定离开的朋友一块儿上路的。我们不知道往哪里走，只想着至少穿过塞纳河，以避开德国鬼子的追赶。我们甚至天真地以为，咱们的部队早把德国鬼子拦在半路上了。

我答应过安妮的母亲会同她告别，当我见到她时，她还是坐在那张小板凳上，和在过道里对我承认自己根本不识字的那天一样。

她的外套已经穿好，一只小行李箱夹在两腿之间。她一直在等我，如果说我对前路依然感到迷茫，她心里却早就定好了方向。她要去科里乌尔把安妮找回来。我愿不愿意和她一块去？无论如何，她是要走的。我无需试图说服她改变主意，几颗炸弹扔下来，她即刻被说服了。她一分钟也没有迟疑，没有等着炮火烧到屁股。更何况，裁缝用品店也关了，她那双“聪明眼睛”也要走了，她以前总爱把我唤作“我聪明的眼睛”。我们是就此作别还是一同携手踏上寻找安妮的路呢？

我们是就此道别还是一起去找安妮？

我不能丢下她不管，她一个人肯定应付不来，我也不能把照顾她的责任强加给那几个朋友，因此决定不去跟他们会合了。我们可以一起走一段路，直到车站。

惨叫声在四散的人群中回荡，他们相互踩踏，只有上了火车才能逃走，而德国鬼子又随时都有可能突袭那些火车上的人。他们发疯似的炸铁轨。我决定从大路走，原地逡巡的鬼子比到处巡逻的那些还要可怕。

我们逃到了一群蛮勇的村民中间，他们把小车堆得满满当当，生活必需品、家具、一笼金丝雀、两笼兔子、两个老女人和一个小孩。他们很客气地腾出一小块地方给你妈妈，我们走得很慢，身后跟着几只不知疲倦的山羊。没有人心里不发憷。第三天，我们穿过了一座荒无人烟的小村庄，有个人站在药店门口，穿着破布褂子，在仔仔细细地给药品归类，同一种颜色的放在一起。他一见人来，就连声哀求：“来一针吧，某某先生，就一小针。”广场上有一男一女，也披着破布衣衫，套着草底的帆布鞋，每当有人问他们姓甚名谁时，他们总是答：“贞德！”“拿破仑！”

这是两个从收容所里逃出来的疯子，护士弃他们于不顾，全都逃得无影无踪。突然，“贞德”大叫一声，用手把脸遮起来。

“飞机！飞机！飞机！”

几个小黑点迅疾地穿出云层，十几架双翼呈 W 形的攻击机组成空军联队，向着我们呼啸而来，警报也随之拉响。所有人都被深深的恐惧扼住了喉咙。

“该死的混蛋。他们瞄准的是你们，赶紧把军装脱了，快点！”

有个人对着一伙正往我们这边逃窜的士兵发火。

“这些个大兵，整天在一块鬼混，还打架，一帮下流胚子。”

“躲在老百姓中间做缩头乌龟，叫鬼子的飞机往这炸，这下怎么办！”

要不是德国鬼子臭名昭著的歼击机已经飞到了我们头顶，也许这些大兵还会跟自己人动手。我大声叫你母亲从小车上下来，费力地在人堆里推挤着想离她近点。她已经用最快的速度朝我走来，但还是跑不起来。我听见“阵风”战斗机在轰鸣，看见大地在颤抖。轰炸让所有人都很恐慌，当再次恢复平静的时候，大家才回过身去找自己最关切的人。看到你母亲在壕沟里毫发无伤，口中正念着忏悔词，离我不过咫尺之遥，我才松了一口气。其他人的嗓子都快喊破了，惨烈的叫声此起彼伏。“拿破仑”和“贞德”在地上滚来滚去，又恢复了疯子的本性。而在声声惨叫中，最凄厉的发自一位小女孩，她的母亲就躺在她的脚下，浑身都是血。而我身后忽然传来一阵奇怪的声音，听着好像迷你阵风战斗机，我回头一看，原来是一群蜜蜂，它们绕着被炮弹炸毁的蜂窝疯狂地转着圈。这分明是末世的景象。突然，我又听见了一阵哭喊，更饱满，更尖利。不知从哪儿窜出一匹马，显然是从被炮弹炸毁的马厩中逃出来的，它撞翻了把我们隔开的篱笆墙，人们四处逃窜，想要躲开。当我试图寻找你母亲的时候，她已经不在我身边了。她正在安慰那个母亲倒在脚下的小女孩。马猛冲向她们俩，一切都来得太快，我什么都来不及做。她也没有时间反应，等她看到马冲过来的时候，已经晚了。她用身体护住小女孩，一只马蹄猛踏在她的后脑勺上。她一下子就死了。

“我以为永远都见不到你了，我觉得自己是个罪人。可是，当我回到村里的时候，你竟然已经在那儿了，你和M夫人‘旅行’归来了。我都快认不出你了，你看起来那么憔悴，那么忧郁。我天天都能在《公报》上读到你们的寻人启事，思索再三，我还是决定给你们发封电报，我没有胆量面对面告诉你这个消息，我不想变成宣布你母亲去世的罪人。我很清楚，要是我亲口告诉你，你肯定会恨我，我请求你原谅我。”

“这不是你的错。”

安妮惊魂未定，却又若有所思。

“刚才你说你们是哪天离开的？”

“5 月 23 号。”

“我的推测没错，如果索菲信守诺言，在我临盆的第二天就把信寄出去的话，我母亲一定会收到，她也就不会走，会留在家里等我。你看，这真的不是你的错。”

安妮怎么可以这样加深我的罪孽?

服务员突然拍了拍我的肩。

“不好意思，年轻人，你们得离开了，我们马上就要打烊了。”

差一刻钟就是午夜了，时间过得这么快，我们都没有感觉。店里就剩下我们两个顾客，周围的椅子都已经架在了桌上。店门在我们身后关上，满街都是警车的嚣叫声。

“注意了！注意了！凌晨之后还在街上晃荡的游民将被遣往警察局，关押至早晨 5 点。”

无论是去我家还是安妮家，我们都只剩下一刻钟了，她更想去我家。当然了，她的兵哥哥肯定已经回去了。她会不会已经不爱他了？我突然冒出这么个想法。

我们一直跑到地铁口，这一路我记忆犹新。我俩跑一段就要看对方一眼，跑一段，就看对方一眼。到地铁口的时候，我们呼哧呼哧喘着粗气，脸也涨得通红，两人都不在乎别人的眼光，控制不住地狂笑，笑得前俯后仰，跟小时候一模一样。那时候，父亲总是笑我们，说我们就是一对“永不分离”[1]……这种鸟，要买就买一双，要是只买了一只，被拆散的两只鸟都会郁郁而终。

当我们走出地铁站的时候，午夜已经过了。可距离我家还有500米，千万不能被他们逮住。安妮的鞋底是木头做的，只要一走动，就会发出哒哒声，然后巴黎所有的德国警卫就会聚过来把我们扑倒在地。我让她到我背上来，她不愿意，也许是因为矜持。我坚持让她上来。

“你知道有天晚上在卢森堡街发生了什么吗？晚上9点20的时候。”

“不知道。”

“一个犹太人杀死了一个德国兵，然后开膛破肚，把他的心掏出来吃了。”

安妮看着我，那神情让人想笑。

“你到底想说什么啊？”

“你不知道吗？德国人没有心，犹太人也不吃猪肉，而晚上9点20，所有人都在听英国人的广播。来，摸下我的鞋底。”

我的鞋底是毡布的，就是为了宵禁而准备的。我可以大摇大摆地走在马路中间而不被德国兵发现，那些鬼子会在人行道上巡逻。我已经不知道在月黑风高的晚上要过他们多少次了，有时候，会不

1　法语原文为“inséparables”，是一种以“白头偕老”著称的爱情鸟的名字。——译注

小心碰上一队警卫，我就停下脚步，等他们走远了再动。现在我们只需这样做就好，夜色漆黑，他们的眼睛像瞎了一样。安妮爬上了我的背，我能感觉到她为我而骄傲。

我试着让自己保持镇定。显然，写信的那个人是想让我相信，他说的其实是我。可到底谁想这么干呢?

除了我之前的男人，没有人知道我脖子后面有颗痣，我的长发一直披着，从没扎起来过。我也从不会与作者产生暧昧，我的工作就是成天和那些作者打交道，晚上还要把他们带到床上来，谢谢，我可没兴趣！尼古拉曾得出这样的结论，从来没有一颗痣[1]与它的名字如此相称，他可真是爱死它了。要是他爱死的那个是我，也许会更好。

我们的晚餐以惨败告终。“惨败”[2]这个词表面上看来与性事

1　痣在法语中叫 grain de beauté, 直译是“美丽的种子”。——译注

2　惨败，原文为“fiasco”，意大利语，也有“阳痿”的意思。——译注

有关，事实上，基本上就是这样。我只能给我的孩子起名为“惨败”，以纪念他的父亲。

尼古拉咬牙切齿地说，我凭什么要让他背负一个孩子，晚点再生不行吗，我这个年纪的女人脑子里除了生理时钟就没别的了。

我只好站起来告诉他，灰姑娘得告辞了，她没把水晶鞋落在这儿，她打心眼里觉得他像泡臭狗屎。别忘了当初是谁插得那么深，多亏了这，她才怀上了孩子。

周旋于尼古拉和这些信之间，我筋疲力尽，好几天吃不下东西。可为了孩子，我总得塞点东西充充饥，瞧，我现在连说话都是信里的口气。

我在冰箱里找到了两片火腿，只有这些。妈妈说，那些把头埋在冰箱里吃东西的人，一看就是绝望透顶了。所以我回到书房，不是我工作的那一边，而是最靠近厨房的一角，坐得舒不舒服是其次，只要不站着就好，尤其别忘了把脸从冰箱里拔出来。

那一刻我突然明白了，能学会从不同角度来观察生活总是好的。我指的是角度，并非观点。

那一刻，一排歼击机从我身畔飞过，机翼成 W 形。

在我看信的过程中，下意识地在信封的背面画了一个“W”，倒过来看，这些歼击机也不是那么可怕，它们只不过是朝向我的一支“M”形的部队，伤不了人。

M 夫人。

我把信封翻了过来。

MWMW

这个开头字母是不是隐含了什么?

这家伙一周又一周为我勾勒的女魔头 M 夫人会不会其实是 W 夫人呢?

比如说某位维纳夫人。

某个伊莉莎白·维纳，就像我的母亲。最终，还是没能躲开“我的母亲”……

我突然感到一阵恶心，跑去吐了。

他讲述的有没有可能正是我的故事?在我记事之前发生的事。

我不愿意相信这是真的，可又不能不去想。这些信为我揭示了太多的秘密，太多的细节。我必须要找到这个家伙，妈的，总有一天会找到的，他必须向我解释清楚!

关于自己，他讳莫如深。可是，只要重新细读这些信，我就肯定能找到关于他的线索。

我不耐烦地希望下个星期二早点到来，心惊胆战地等他为我揭开谜底。

这一夜，我走得比前几个晚上要慢，有安妮在，所以我放慢了脚步。并不是说她成了我的牵绊，而仅仅是因为有她。她伏在我背上的重量让我感到踏实，她紧紧地贴着我的身体，让我心神荡漾。我早已被欲望穿透，她再也不会下来，再也不会与我分离，我内心充盈着一种安宁的温馨。我本想整夜赶路，就像这样，两个人的身体融为一体。如果有人在1943年的10月4日这天早晨告诉我，安妮会在今夜趴在你的背上，我是无论如何也不会相信的。而此刻，我的手就托在安妮的屁股下面。我尽自己的最大努力不发出声响，心里回忆着我以为永远失去她的那天。

“安妮没能来参加葬礼，那可是她的亲生母亲啊，你知不知道？”

我那听风就是雨的姐姐一连问了三遍，她也只是想过过嘴瘾。大逃亡的时候，死亡变得真实可触，以至于大家都不大高兴提起它，就连她也是一样。

很少有人能够接受亲生女儿竟没来为母亲送葬。可我理解她，最后一次会面，人都没了，去了又有什么用呢？特别是安妮的情况还要糟糕，她母亲连尸首都没有，在这间教堂里，最重要的人都没到场，只剩下一片昏昏沉沉。

就在为纪念她母亲而举行弥撒的那天，安妮离开了N村。我知道她原本只是想逃避这次弥撒，可最后却一走了之。我决心去找她。

我不费吹灰之力就找到了他们在巴黎的地址。有一天在邮局，一个和我年纪相仿的家伙，脸上挂着诡异的笑容，突然跟我提起了那个地方。他看起来对那里很熟，至少周围的情况他是了解的。与那条路垂直的路上，有间画廊，我走到那儿往右拐，第一家就是了，门牌号是65。

我按了下门铃。

是M夫人开的门，她怀里抱着个婴儿。我不敢相信这就是安妮的孩子，一刻也舍不得把目光从孩子身上移开，于是，她把孩子抱得更紧了些。

“安妮她不在，很抱歉，现在一点她的消息都没有，我也想知道她现在怎么样了。我不怨她，一点也不，朋友常常处着处着就有了恋爱的感觉，好多感情都是这么开始的。说实话，我不想去教训谁，她到底还是个孩子。我们说话这会儿，安妮估计就跟他在一起，他肯定没进监狱，估计两个人已经见上了。当时，安妮等他的信等得心急如焚。”

天哪，她到底在说谁？

“啊，不好意思，我以为安妮已经告诉你了，不过话说回来，确实，一个女孩也不太好意思当着一个男孩的面提起另一个男孩吧，如果你明白我的意思……没什么好稀奇的，她住在我家的几个月里，爱上一个叫亨利的家伙。是做战时代母[1]的时候，两人看对眼了，这种事稀松平常。从安妮给我看的那些信里，能看出那男孩人不错。模样也好，称得上英俊潇洒，我在安妮给我看的照片里见过他。她估计都结婚了，安妮的个性就这样，火急火燎的，你既然是她的朋友，应该早就知道了吧……你是她发小，对吧？”

“嗯，是的。”我听到自己从被糨糊黏住一般的嘴里挤出了这句话。“谢谢您，夫人，不好意思打扰了！”

然后，我又看了一眼那个小婴儿，最后一眼。“再见，露易丝。”

我知道这句话一说完，我跟安妮也就永别了。

从此，我便是这个故事的局外人，要把它从脑子里清除干净。如果是安妮自己决定把孩子让给这个女人的，那我无权过问。更何况，我觉得露易丝一定会幸福的。因为并非亲生，所以M夫人会用全身心来爱她，用那种一夜之间就可能失去的惶恐来爱她，没有血缘关系，她们之间关系便没有了天然的保障。

1　战时代母：负责给士兵写信慰问、寄递包裹的妇女。——译注

到M家时，我带着救世主一般的正义感，出来的时候，却只剩下被抛弃后的灰头土脸。安妮爱上了别人，我恨自己早没想到。爱上个大兵，也算合情合理，这年头，只有在前线才能找到阳刚之气，才能找到爱情。我们之间已经结束了。我太了解安妮了，她要是爱上谁，那肯定会死心塌地只为他一个人而活。

我在画廊前停了下来，是邮局那个窗口的营业员跟我提起的那家，橱窗里的画让我想到了安妮。可是，偏偏在我想看看店名叫什么的时候，才猛然明白里面藏的到底是什么。注意下门牌号的大小就知道了。根据法律的规定，这种场所的门牌号必须要比街上其他门牌号大。这里是家妓院。

我终于明白了那个家伙怪里怪气的笑里有什么意味，我也不由自主地学他的样子笑了笑。橱窗上印出来的脸庞比往常更讨喜，更帅气，也许不能跟那个大兵比，但也绝不至于丑。如果有另一个女人的画可以让我想起安妮，那么，总有一天，会有另一个灵魂，另一种微笑，另一个身体让我想起她，也就是说，我会恢复爱的能力。微笑，就这样微笑下去，会有另一个女人出现的。我突然想起，那个猥琐的窗口营业员面前的玻璃上贴着一张招工启事：

招工

请往左手边第一个办公室

干吗不试试？是时候重新开始过日子了。

我对自己发誓，要把安妮忘得一干二净，就算她再出现也是覆水难收。我用一秒钟就把三年间辛辛苦苦挖出来的盛满爱的深坑给填上了，把她丢弃到心里最晦暗的角落去。她和她的兵哥哥有没有建立家庭，她会不会偶尔回想起被她遗弃的小女儿，会不会偶尔想起我，这些都已经和我没有半点瓜葛。我爱我的工作，也爱我的生活。我不喜欢我们生活的这个时代，但至少可以奋起反抗，不是头破血流地慷慨就义，而仅仅是尽我所能地伸张正义。在邮局里，我有体力活要干，早上的前两个小时主要用来分拣邮件，下午在窗口做营业员，给德国人的审查捣乱。

快 3 点的时候，我和蚊子一起休息。他真名叫莫里斯，可大家都乐意叫他蚊子，因为他总是坐不住。再次见到她时，我最先看到的部位是手，压在一封信上，慢慢推向我。刚开始，我没注意，怔了一下，只想看清信封上非常眼熟的字。我不知道过了多少个漫长的秒钟，才终于能够抬起双眼。

我不想旧情复燃，因为我还没有准备好再见到她，还没有强大到能够承受之后的生活，把先前的种种都当作没有发生过。她对我笑了笑，也许已经从我脸上看出了一丝不快。我是不是一副怪异的表情？她的微笑开始游移不定。

“你好，路易。”

“你好。”

“真巧，竟然能在这里碰上你，真是没想到。”

“可不是。”

“最近怎么样？”

“挺好。”

我没办法让自己再多挤出一个字来。假装我们昨晚才分开，然后有一搭没一搭地寒暄几句，我做不到。她也察觉到了我的抵触，后面的顾客等得有些不耐烦了，于是她很识相地草草跟我说了声再见，离开了。我还是动摇了。结束了，我感觉得到，我每天一点一点积攒起来的内心的安宁就要崩塌，我想要统统埋葬的记忆也将被重新翻出。我恨她，恨她一声不吭地回来，我必须要挺住。不能让她再来腐蚀我的生活。她走时连句再见都没有，三年里更是杳无音讯。她继续走她的阳关道，我继续过我的独木桥。不许再想她，刚才那几分钟我不是已经做到了吗？一切都会照旧。

那天晚上，我跟罗艾尔见了面，她是我当时的女朋友。一切都会照旧。我跟她分了手。我告诉自己说，这跟安妮的出现无关，几个星期相处下来，我已经很清楚这个女孩不适合自己，这倒是实话，可为什么不早不晚偏偏选在今天分手。

不出所料，该发生的还是发生了，我开始等待她。不是那个适合我的女孩，当然不是，是安妮。习惯了在等待的人群里寻找她的脸庞之后，现在我又会注意那一只只把信件或者包裹推向我的手，想重现那天她出现的场景。可是，她总会选我不再指望的时候出现。

一个星期后，在那个著名的1943年10月4日，她终于出现了。身子倚着墙，在人行道上站着，就在出口那儿等我。

我们重归于好，一起去了她家，她给我沏了杯菊苣茶，然后她去还钥匙，把我留在家，我陪她去公共浴室，在咖啡厅等她，一起吃美好的晚餐，有点伤心，但很美好。然后我们就用这种别扭又惬意的姿势走着，我那双好动的手此时老老实实的，从未如此幸福。

突然，我听到一阵响动。整齐划一的皮靴敲打在路面上的声音传了过来，安妮还听出了德国人的口音，她把我抱得更紧了。黑漆漆的大道上，我一动也不敢动，时刻提防着，不想让路灯的光晕暴露了我们的行踪，只能继续等下去，安妮抱得越来越紧，我刚开始还以为她只是害怕，却没想到是她的哮喘病发作了。她开始咳嗽，像把刀刺破了夜的宁静。于是在一阵狗吠、清脆的咔嚓声之后，德国兵的手电筒照了过来，把我们拦住了。

在检查了我们的身份证之后，我们被拷了起来。其他像我们一样被抓起来的人全都和看守关在一间屋子里。他们这时候还有兴致打牌，准备一直玩到早上 5 点放人的时候。被他们发现的时候，安妮还趴在我的背上。那些士官觉得我们对他们定下的规矩简直是大不敬。我没想要辩解，最好让他们忘了我们的存在。他们甚至都没想到检查我的鞋底。

我们俩的牢房靠在一起。关女人的那间在一边，关男人在另一边。和小学时一样，男女隔离。我们俩都贴着中间那堵墙坐着，安妮一连说了好几遍我们会没事的，她有几个朋友也被抓进来过，后来都放出来了。安妮，她是那么温柔。我不想吓唬她，就没反驳，其实她那些朋友的命都是捡回来的。他们被关起来的那晚肯定没敢跟德国人讨价还价，否则第二天早上 5 点肯定会无一例外地被拉出去枪毙。我没有告诉她，她的朋友没赶上的悲剧很有可能被我们碰上。

“路易？”

“嗯。”

“其实那天不是碰巧，我是特意去邮局办公室找你的。”

看样子，谜底将一个个被揭开。

“我之前就知道你在那儿上班。是我回村里找你的时候，你母亲跟我说的。我还去看了我父亲，我只敢远远地看他。真好笑，那些我在乎的人，我都只敢离他们远远的，偷偷看上一眼。但对你，我不想这样。父亲看上去比以前矮了，估计是离得太远，我不想他变老。我生活得并不如意，所以不想靠近他叫他发现。可现在情况不一样了，是不是，路易？”

“是的。”

“我俩可以一起回去看他？”

“当然。”

“然后你帮我把露易丝抢回来。”

“好，等我们出去。”

“不，还是不要了，我应该多为露易丝着想。也要为你考虑。”

“你想做什么？”

“我们……你还记得我们玩过的‘点线游戏’吗？”

然后，她压低了声音，小声嘀咕那些密码，怕把看守吵醒，这套密码是我们俩小时候发明的，就是不想让其他人知道我们说了什么悄悄话。

线线（M）—— ——

点线（A） •——

点线点（R）•——•

点点（I）• •

点（E）•

点线点（R）•——•[1]

呵，那个帅兵哥，终于说到他了，我有点不情愿，可也知道这个话题无法回避。而且，我也得承认，让她向我介绍这个人有点难为她了。

“为什么他不帮你把女儿夺回来？”

“谁？”

“你丈夫。”

“可我没有丈夫。”

“你没结婚吗？”

“我都已经说了。”

心上悬着的石头落了地，我早已认定她是结了婚的。可她的婚戒又是从哪里来的呢？

“这是妈妈留给我的，刚才不是跟你说了吗，就在收到包裹

1 密码组成了法语单词 marier，意为“结婚”。——译注

的时候，爸爸拿这枚戒指往我脸上砸，话说回来，还是你寄的呢。后来，我就一直戴着了。”

我心里七上八下，却又感到无比幸福。

“那么你……你没有别人？”

我一直记得她听到这句话后的沉默，我还以为她本想用“点线”来回答，可密码记不大清楚了。后来才发现，她只是被胸中奔涌的情感压得出不了声。

“我爱过一个人，可是已经结束了。”

她抽噎了起来，我不知道要怎么安慰她，也不明白她为什么要哭。你的兵哥哥已经走了。

“安妮，别哭了。”

“路易，是不是在那个人的生命里，一些记忆会被珍藏，而另一些只能被无情地丢弃？”

“确实是这样。”

这并不是她想要的回答，她继续呜咽着，一刻也不愿停歇。

我以为她是为那个兵哥哥，为我不合时宜的沉默而流泪。

她突然结结巴巴地问了我一个问题。

“这么说，你是不愿意了？”

此时此刻，我终于知道自己有多想跟她结婚，心怦怦跳个不停。尽管有些羞涩，我还是鼓起勇气嘟嘟哝哝地朝周围问了句，我们这里有没有谁是牧师。

线线线——————

点点线• • ——

点点　　• •

要我把答案翻译给你听吗?

我愿意。

“那一年，我十二岁，安妮比我小两岁，两岁差几天。那一年，世界的中心只有我和安妮。周遭瞬息万变，而我狂热地视而不见。在德国，希特勒已经成为首相和纳粹党主席，布莱希特和爱因斯坦逃走的时候，达豪集中营已经在建。小孩子总有种天真的自负，以为唯有自己能逃出历史的掌心。”

那一年，是 1933 年，我确认过了。

如果说，路易那年十二岁，算一下，他现在应该有五十四岁了，和梅洛夫人年纪相仿。

直觉告诉我，“路易”是真名，“安妮”也是，这不是他瞎编的，他只是掩盖了一部分真相，怕伤害到谁。

也就是说，我要找的那个路易，年纪在五十四岁左右。顺着这条线索找下去应该不会错，可也不会有多大收获。

在我看来，唯一的出路就是找到那座以字母N打头的小村庄，而我又确信，这个首字母的确是N，因此不用再盲目扩大范围乱找一气，除了随它而来的那些信，这个字母里并未藏匿任何秘密。

到了N村，肯定会有人知道当时那位医生或者那家缝纫用品店，要是谁都不知道，也不用着急，不还有市政厅嘛。只要能查户口，就能轻而易举地找到这个路易。接着，我会逼他把什么都说出来，我要睁大眼睛瞪着他，看他敢不敢撒谎。

“大约两个星期之后，另一个证据证明了有事不妥。这次是她丈夫把车停在了小路上。平日里，我到他们家时他早已出门。”

开车从N村到巴黎，应该不会超过两个小时，否则M先生（我的父亲？）不可能每天都往返于家和编辑部。我想的似乎有点远，但也不失为一种可能性，但我必须先大范围寻找线索。

“雅克留在了‘旋梯’。正是他每周北上一次给我捎来父母的消息，可是，我从没见过他，只听过他的声音。”

我注意到了这句话，那么往北的这部分可以忽略不计。于是，我把精力集中在巴黎的南部、东部和西部。要是都没找到，再往北边找。

也许雅克，这位尽职的雅克直到今天还坚守在“旋梯”，这么多年过去了，他从未因为没见到主人回来而灰心放弃。他也许知道路易在哪儿，从他那里，我也许能找到所有的解释。

我去买了张行车路线图，在上面圈出了一块半圆的区域：离巴黎两小时的车程，往南。可是我搜索的范围依然太广。

一晚接一晚的苦心钻研，床头灯的一豆微光差点把我的眼睛弄瞎，以N打头的村庄多如牛毛，要全部考察完，估计得用上好几个月。我泄气地望着床头灯，忽然忆起尼古拉第一次在我这儿过夜，为了制造罗曼蒂克的氛围，我还特意换了只瓦数低的灯泡。我后悔当时没留着大灯泡，把大家丑陋的真面目都照个清楚，这样，估计谁也没有胃口上床了，至少，今天也能把这张路线图照清楚点，妈的，我眼睛都看花了。我看了眼自己的肚子，每次我一冒脏字，那里就会不舒服，对不起了，宝贝，你来，妈妈当然高兴。

这时候，门铃响了，声音尖锐得让人耳朵疼。

“是我们！卡米耶，快来开门呀，我们带了一堆好吃好喝的！”

是我的闺蜜们，“不请自来”是她们一贯的风格。我什么都还没跟她们说，我还没有强大到能顶得住她们的盘问。但是，现在我已经打定主意，既然尼古拉已经把该说的都说了，我也就可以大方地向她们宣布这个消息了。她们能来真好。我们几个可以你一言我一语地说说笑笑，她们肯定会责怪我不够义气，一个人硬撑着，她们也绝对饶不了尼古拉，听她们数落尼古拉，我心里会舒服些。

她们为我欢呼雀跃，说到时候一定会陪在我身边，和我一起渡过难关，还问我有没有给孩子取名字。三双手也不老实，乐呵呵地在我的肚子上摸个不停。我的这几个闺蜜，是生活送给我的最美好的礼物，找朋友要懂得精挑细选，岁月会帮我们筛掉杂质，但留下来的，都是地球上最最好的女孩子。

我们中有两个人不能喝香槟，我一个，理由就不用说了，夏洛特一个，她只对高大华丽的建筑物感兴趣。这可不是开玩笑，香槟区唯一让她感兴趣的就是那些木结构教堂。

“什么玩意儿？？？”

“木结构教堂，这些教堂完全是由木头建成的，非常精致，惹人喜爱。人们把它们叫作‘木屋’，只有香槟区才有，总共才十几座。”

夏洛特总有东西难倒我们。

“反而有种愉悦徐徐侵入身体，专属于这座教堂的木头馨香再次扑鼻而来。”

好家伙，找到啦！真是踏破铁鞋无觅处。

N 村地处香槟区，离巴黎正好两公里的车程，在东南部，完全吻合。

夏洛特永远不会知道她帮了我多大的忙。

当大家卖力地说尼古拉的不是时，我满怀爱意地看着这群闺蜜。现在，路易逃不出我的掌心了。

第二天早晨天一亮，我就让我的小秘书梅拉尼把所有有木结构教堂的村庄名字都给我。

她把清单递给我，竟然没有一个是以 N 开头的。

那天是周二，我茫然无措地一遍又一遍地读着这些信，往事的大门依然紧锁。

凌晨5点整，我听见安妮她们那间牢房有钥匙在锁眼里转动的声音。我们被放出来了，我们不用当替罪羊了。外面依然漆黑一片，出去的时候，正下着蒙蒙细雨。我们俩往我家的方向走去。睡上一觉估计是来不及了，但至少可以在那儿歇歇脚，如果她愿意的话。安妮往我这边靠了过来，用手搂住了我的腰，而我把手搭在了她的肩头。我们从来没这样一起走在路上，这让我浑身充满了力量。

蚊子还没醒，我和她径直走到我的房间，一起倒在我的床上，我想吻她，想和她做爱，她却轻轻地把我推开，坐到床尾，面对着我，说她只想和她的“丈夫”做，而不是“随随便便就跟个男人”。她不是故意要让我等，要是我愿意，我们当晚就可以结婚，安德烈神父可以为我们证婚，甚至都不用提前跟他打招呼。安德烈神父是我们这儿的本堂神甫。然后，她就可以幸福而平静地生活，我们就可以像丈夫和妻子一样相爱，像丈夫和妻子一样把露易丝要回来，做她的父亲和母亲，如果我愿意接受父亲这个角色。

我一脸不解地望着她。她虔诚的表情快让我认不出她来了。先前那一夜，她房间里的那个带耶稣像的十字架已经让我诧异了好久。

安妮突然站起身，笑出了声，轻声哼起了小曲，身子也跟着悠悠转了起来。“这支舞要献给我的未婚夫。”她一边舞动着，一边慢慢把毛衣掀起来又放下去，一对乳房时隐时现，真美，她没穿胸衣，露出的是白花花的一片。然后，她在我面前收住脚步，缩进了我的怀里，让我用力搂着她。她想在 2 点，也就是我下班的时候去找我，然后一起直奔教堂，好吗？

不能再好了！可她怎么知道我是 2 点下班呢？刚想问她，蚊子进了我的房间，用他平常那炸耳朵的大嗓门嚷嚷着：“伙计，早餐好了！”“还有这位女伙计！”他瞟了安妮一眼又加了一句。安妮的出现，他非但没有惊讶起疑，反而淡定得很。

“成了是吧！这么说，你们俩终于又见上了咯！”

我应了一声，安妮则跟蚊子打听了一些情况。

蚊子，就是那个笑得很猥琐的家伙。我刚到邮局上班的那天，他问我要不要租房，房子是他最好的朋友租给他的，可现在朋友人在局子里，他也想等他回来，无奈手头有点紧，我可以住到他回来的那天。可是三年过去了，他朋友依然没有回来。蚊子和我都不是吹毛求疵的人，他平常邋里邋遢，而我呢，有点洁癖。我不跟他吵，会帮他把烂摊子稍微收拾收拾，不想让两个人的生活太不搭调。我骨头软，没有魄力把他改造得跟我一样。更何况我那些女朋友还都是托他的福找到的。我们俩好像不住在一座城里似的，我总是看不到漂亮妞，而他呢，偏偏能给你变出来。他只需动一点点小心思就能勾住女人的心，而我呢，我最大的运气就是享用跟他一样多的女朋友。确实，有人对此颇具天赋，能把美人们一个一个从人堆里拎出来。我问他到底是在哪儿认识那些女孩子的，他的回答总是老一套："马蹄下面。"[1] 自从目睹安妮母亲的惨死之后，我再也不想听见这个比喻，可每次都是白提醒，他从来没往脑子里去。蚊子心眼不坏，他就是这副德行。

"你看，在马蹄下面我们能找到一打，可她这样姿色的就难找了。我算是明白为什么之前那些妞你都看不上眼。"

这是安妮在浴室里的时候他悄悄跟我说的。然后，我们仨美美地吃了顿早餐，结结实实地大笑了一番。吃完我就得去上班，蚊子那天休息，安妮也是，反正她是这么跟我说的。她一直陪我走到办公室，在紧挨我嘴唇的地方亲了一下算是道别，说："一会儿见，我的准老公。"这句话我永远都记得。

一整个上午，我都瞪大眼睛看着挂钟，那两根指针慢慢吞吞往前挪着，让我气不打一处来。2 点差 3 分的时候，我等不及了，套上短大衣直奔家门而去。安妮不在，没关系，我是提前回来的。

1　马蹄下面（sous le sabot d'un cheval），法国谚语，意为不费吹灰之力。——译注

2点半了，还是不见踪影。我一直等到3点钟，当我到了人行道的尽头时，不知该往哪个方向去。我怒火中烧，她到底去哪儿了？她知不知道我这辈子全都是在为她在心惊肉跳？3点20分，我敲她房间的门，没有人。我转了下门把手，门开了，根本没上锁。我想在她房间里等她，可桌子上放着的那座名为“隐形物”的雕塑老盯着我看。这个女人的双手之间，昨天还是空无一物，现在竟多出一张纸条来，我凑近一看，是一张涂鸦的小画。

一个小男孩站在湖边玩布娃娃，身边堆着些小石块。

在湖里，安妮写了这样一句话，我怎么也不想听见她说出这七个字。

终于，我安息于此。

这是伊丽莎白·维杰—勒布伦[1]在她凄凉一生的尽头请人刻在自己墓碑上的话。那时，我跟安妮说起过这位女画家的生平。

我仿佛被闪电击中。打死我也不敢相信这是真的。到底发生了什么？早晨她还在编织我们的幸福未来，此刻却留下这封信、这幅画，让我只能往最坏的方面想。

千头万绪在我脑海中奔突冲撞，而身子却僵立当场，直到我感到手指下压着什么东西，像是凸起的小浮雕，这才下意识地把纸

1　伊丽莎白·维杰—勒布伦（Elisabeth Vigée-Lebrun），法国女画家，因给皇后玛丽·安托瓦内特画肖像而出名。——译注

片翻了过来

这可不是什么光彩的事

会有神秘人物

告诉您新交的男朋友

跟他上床的

是个婊子

我的血液仿佛突然凝固。安妮是妓女？

她肯定是在今天早上收到了这封匿名信。

我三步并作两步跳下楼梯，跨上自行车，用全力向前蹬去。

也就是说，她知道我那个关于瓷娃娃的秘密，她会让我发现她投河了。

我停不下来，向前猛冲过去。我大声嚷嚷着让人行道上的人让出路来。不会的，她不会这么做的。每蹬一下，就会有一个画面重回脑海。在这不祥的灯光之下，每一个记忆都重新找回了它们的意义。

她谎称要回去送钥匙。

我奋力向前蹬。

她一回来就急匆匆地说要去洗澡，是不是去接了最后一位嫖客？是为了老鸨的一点好眼色吗？因为这么多年来，她一直在她手下做事？还是为了满足某个死缠烂打的常客？她宁愿屈从也不想解释，因为做完最后一次也要不了多久。肯定是一个深爱着她的客人醋意大发，这样的老顾客她手头起码有十来个，他写这封信，是想吓唬吓唬她，叫她难堪，报复她为了另一个男人而洗手不干。

我奋力向前蹬。

她带回来的这座雕塑，看着有些不大协调。可整个房间里，她只有这一根救命稻草可以抓，她要把所有的往事都擦干净，“那些无关紧要的往事”。她带我进来的这个房间其实并不是她的，我突然间明白过来。

我奋力往前蹬。

她犹豫着要不要给我沏杯菊苣茶，翻箱倒柜，想找只杯子，这些举棋不定的行为在当时的我看来只是因为情感澎湃。

我问她花盆里的植物叫什么名字的时候，她没有做声，是因为她根本就不知道，她一直都不在家。

我奋力往前蹬。村庄却只是慢悠悠地向后倒退。

趁着把我带出去的那段时间里，她肯定是向她那些朋友借了房间。

我奋力往前蹬。

那个带耶稣像的十字架，奇怪地挂在她的床头上边，我本以为只是个装饰品。我搞不懂她为什么会挂这个。她只想和她的“丈夫”做爱，而不是“随随便便跟个男人”。这是她尊重我，不忍心玷污我的方式，把她生命中最重要的那个角色留给我来扮演，这也是她找到的唯一可以将我同那些经年累月压在她身上的臭男人区别开的方式。

我奋力向前蹬。森林就在远处的地平线上。

在我等她的那家咖啡厅里，她是不是认出了某个嫖客才没敢进去？才只是敲了敲玻璃窗？而我们一起吃饭的那家馆子，她之所以选择去那里，是因为她确信不会碰见谁？

我满腔愤怒地向前蹬去。已经过了N村的界碑，我找到了她的一个发夹，池塘就在几百米之内了。

在经过“旋梯”的时候，我下意识地慢了下来，那些气愤难平的夜晚，我常常会过来。她会不会也下意识地停下来，她会不会突然改变主意，又想起了露易丝？想到这，我安心了一点。也许她想起有人在她耳边说过“无论妈妈做过什么，孩子都不会嫌弃的”。我的眼睛四处搜寻着她的自行车，它会不会就靠在墙边？看不见一个人，只有一楼有个房间的窗帘在飘动，拍打着窗台，像一只鬼魂。这个幻象刺激我又奋力地向前蹬去，必须及时赶到，阻止她。

昨晚，她是不是故意咳嗽，假装哮喘又发作了？她当时宁愿被德国鬼子抓去也不要被我带走，因为我一心想抓住她不松手。我们不会有危险的，我有几个朋友也被抓进来过，很快就被放了出来……争取到这一夜的“缓期执行”，我们第二天就可以结婚了，她就不再需要为自己辩白，不会再找借口拒绝我的求婚，我们就可以像“丈夫和妻子”那样做爱了。

今天早上她是那么开心。因为一切都将重新洗牌，重新开始，和我，和露易丝一起。她想走出来，写这封信的那个人很清楚这一点，他不希望这件事情发生。

我奋力向前蹬。在每个拐弯的地方，我都期待她会突然出现，然后拽住她，把她抱进怀里，告诉她我根本不介意，谁没有不足道的往事。也许我会发现她在岸边缩成一团，不敢往下跳，其实人人都是胆小鬼，要真是这样就太好了。也许她又恢复了理智，她觉得我不会因此而抛弃她，我根本就不在意。到了池塘跟前的时候，她停下来了，因为每个夏夜，她和她的父母都在这里野餐。她的背影出现了，她的背影出现了，然后我们两人紧紧拥抱在一起。我们深情地、真心诚意地吻着彼此，真正做一次爱，我已经不是当初幼稚的少年了。早上定下的计划不变，去教堂，在那里结婚，我现在都已经爱上教堂了。我们会是第一对没有婚戒的夫妻，但是安德烈神父会特许我们这“永不分离”的一对，因为，小鸟可没有手指来戴戒指。

在悲剧发生前，我们许下很多愿望。

我用尽全身力气呼唤着她，一边沿着池塘狂奔，一边叫着她的名字。突然，我在岸边的深草丛里发现了她的自行车，后轮旁边的空地上有一堆石头。我猜到了，她肯定是将口袋里塞满了石头，然后和石头一起沉入了池塘。我跳进了池塘，东摸西找，可眼睛被淤泥糊住，看不清楚，或者是被我的眼泪模糊，我不知道。很早之前，天就黑了，我只好上了岸。我想等安妮的尸体浮上来，石头可以让娃娃沉在水底，但不是一具在水里浸泡浮肿的尸体。水的浮力要大于石头的重量。石头——布——剪刀。最厉害的其实是**水**。安妮的尸体一直没有浮上来。

安妮从一开始就走进我的生命里了，她出生的那天，我两岁，两岁差几天。而在我二十岁的时候，她死了，二十岁差几天。一个两岁差几天的孩子根本不可能知道他已经遇见了生命中的最爱，而他在二十岁差几天的时候却发现她已经走了。于是，我们叩问苍天到底活着的意义是什么。有些人会在他们的另一半死了之后也随之而去，而我，我从一开始就知道，我们其实没有这种好运，因为我从来没有听父亲对母亲说过有人“因爱而死”。

整整两个星期过去了，我还是没有收到信。

这个家伙从天而降，想误导我，让我相信我的母亲其实不是我的亲生母亲，而我的亲生母亲，是这个已经死了的叫“安妮”的女人，现在倒好，他自己也说消失就消失了，没关系，我还能睡得着。

他可以给我写这么个结尾：好啦，我想您肯定是明白了，露易丝就是您，非常抱歉地告诉您这个消息，这是我的电话号码，有什么问题尽管打我的电话。

我才不呢，费神去问他，问一个口口声声说“秘密应该和知道这个秘密的人一起入土烂掉”的人，简直烦死人。那他干吗要张开他的臭嘴？这个下流胚！我的母亲已经去世了，不是吗？我的两个母亲都去世了！

话说回来，这又不是我的名字，也不是我的出生日期。我试着这么安慰自己。然后，到此为止，我依然没找到任何和这个可能存在的以字母N打头的小村庄有关的线索，那里还有座木结构教堂。而其他的线索也是一样，都躲着我呢。

“与那条路垂直的路上，有间画廊，我走到那边往右拐，第一家就是了，门牌号是65。我按了下门铃。是M夫人开的门，她怀里抱着个婴儿。”

自我记事以来，我们家就没住过什么65号。

“‘旋梯’是座漂亮的宅邸，它突兀地立在我们那个小村庄的中心，好像硬是把一只天鹅插在了一群椋鸟中间。”

这我也没有任何印象，我父母从来没跟我提起过这座房子。我还搜索了一下有没有什么地方叫作“旋梯”，什么也没找到。我如同在流沙上行走。

“我的下一口气会不会正好就是那最后一口呢？我惊恐万分，呼吸也僵住了，我转身到圣罗西的圣像前做了祷告，他抚平了我的恐惧，他可以救我。”

找到一座有圣罗西雕像的教堂，找到一个有池塘的以字母N

打头的小村庄，找到一个会发《公报》的以字母N打头的村庄，不知道有多少报纸叫《公报》呢，完全就是大海捞针。

“伊波利特—曼德隆路，3号，14号，32号，46号，我不知道自己是怎么记起阿尔贝多工作室的地址的，他确实就住在伊波利特—曼德隆路46号，或许拴在我身上的木偶线还没解开。”

我找到了这个地方，果然是阿尔贝多·吉亚高美迪的工作室，只有这条线索了。

一切都与信里说的相符。他确实有个兄弟叫迭戈，他们俩在德国鬼子开进巴黎前逃走了。可惜，他已经死了，所以无法从他那里证实什么。阿尔贝多·吉亚高美迪，他那么有名，我都不大敢相信是真的。我父母曾经跟我提到过他。

这个发现让我稍微松了口气，我更想找到能够证明这些信其实是作者胡编乱造的证据，这才能叫我真的放心。

也许最后他会出现在我办公室里：“啊！啊！我的稿子您全都看了，要不要帮我出版呢？”

一顿美味的午餐把这些晦气一扫而光。我想去妈妈墓前看看，给她讲讲这个故事，求她原谅我竟然会怀疑她。

电话响了。

现在我一听到铃声，无论在家还是在办公室，第一反应总是尼古拉，他是不是要求我原谅他那些欠揍的混账话，告诉我他已经认真想清楚了，那么多人一开始没想要孩子，最后不都变成了称职的父母了吗，我们为什么就不可以?

“夫人，您好！我是温尼科特教授，是您的助理给我留了您的联系方式。您是不是在找木结构的教堂？”

这是位美国学者，尽管在巴黎住了快十五年，可还是乡音难改。一间美国博物馆正在敦促他赶紧完成对尼斯蒙奥布瓦的教堂的考察工作。

“尼斯蒙奥布瓦”是以字母N打头的，我赶紧把耳朵贴紧了听筒。这已经是好多年前的事情了，1910年至1955年间，一次猛烈的洪水突袭巴黎，市政府不得不在塞纳河上挖出好几个蓄水水库和支流，以控制破坏性的水面上涨，可是在马恩河上挖出的尚特高克人工湖却引发了一场灾难，一夜之间让三个村庄从地球上消失了：它们是现在只剩下湖泊名的“尚特高克村”、“尚波贝尔奥布瓦村”和“尼斯蒙奥布瓦村”。无能为力的村民们只能眼看着森林里的树木被连根拔起，房屋被劈开、烧毁，整个村落被水湮没。为了使巴黎免于洪水之灾，他们牺牲了自己。为了保护所谓的“公共财产”，让洪水冲到家门口，看着自己的家园在一瞬间消失殆尽，这种惨烈只有亲历之后才能体会，很多细节从来都不会被披露。美洲的印第安人更是为此被灭族。

不过在这场惨烈的灾难中，发生了一个小小的奇迹，有座教堂被保存了下来，还有教堂后的墓地，就在尼斯蒙。

“维纳小姐，这就是我为您补充的史料，这座教堂非常有特点，而这种木结构的建筑只在香槟区比较多见。我在美国的一个收藏家朋友想把这座教堂纳入他的博物馆。他委托我做中间人，我呢，想利用这个机会抢救文物，如果美国没有关注，也许它早就和那三座小村落一起随水而逝了。经常是这样，只有在有人想回收教堂的时候，它才会引起大家的关注。于是，教堂被一点一点挖了出来，就在尼斯蒙交通灯旁边的那个叫作圣玛丽杜拉克的小村庄里。墓地里的遗骸也被挖了出来，然后按照原来的身份一一对上号，重新安置在教堂后面。这座奇迹般保存下来的教堂在四年前翻新过一次，确切的时间是 1971 年 9 月 12 日。这就是我知道的关于这座教堂的所有历史，希望能对您有所帮助。”

“温尼科特教授，冒昧地问一句，您的名字是？”

“罗伯特，亲爱的夫人，您怎么会突然问起这个来？”

“没什么，谢谢您这么详细的介绍。”

刚才在一念之间，我觉得温尼科特教授就是路易，不过我瞬间就反应了过来，绝对不是他，因为法语肯定是路易的母语，不会是外语。

我给梅拉尼打了电话，感谢她为我找到这么珍贵的线索，也告诉她明天我仍然不会去办公室，有一些私事要处理。

我冲了个澡，穿得暖暖的，拿上了车钥匙和行车路线图。尼斯蒙奥布瓦没遗留下多少东西，但是这座教堂和墓地也许能给我点启发。

出门的时候，我和梅洛夫人撞了个满怀，她刚要按门铃。

有个包裹太大，塞不进信箱，她想亲手交给我。最近好吗？

我连续四天没出家门一步，她有点担心我。挺好的。我根本没时间和她细说原委，一把从她手上拿过包裹，先看信封上的字是谁的。

显然，路易的故事还没讲完。我会在路上把信读完。

巴黎，从维特里—勒弗朗索瓦出发，然后再沿 D13 高速公路的商特高克人工湖方向，一直到布洛瓦，那里有条路通往圣玛丽杜拉克。

信封里有另一个小包裹，边上附了一张咖啡色纸和一封路易的短信。

亲爱的卡米耶：

至此，我想你已经读完了整个故事，而我是在好多年后，才明白到底发生了什么。我本来并没有怀疑，我以为自己早已了解这个故事的来龙去脉，直到有一天，有个人告诉了我真相。

我并不责怪安妮对我有所保留，她知道嫉妒会酿成怎样的苦酒，而这酒她已尝过。

当时，我一下子就认出了她，并不是通过外表，而是她说的第一句话。仿佛是一种幻象，她的声音里听不出与人对谈的欲望，她一口气把所有的故事都讲了出来，带着一种坏女人的厚颜无耻，丝毫没有顾及我的情感波动。可是，我却待在那里，无法打断她。一切都清楚了，肮脏，但清楚。

“亲爱的卡米耶”。

这几个字让我的心提到了嗓子眼。

有如神示一般，我终于确定了那个露易丝就是我。

放下了咖啡色的信纸，下面露出一本小学生练习簿，我翻了开来。

依然是路易的字迹，但是更密，字里行间更有张力，记录的是一个女人口述的故事。

我所做的一切，都是为了留住我的丈夫，我不为自己找借口，也根本没有借口。如果你懂得我，就会知道，我爱这个男人，胜过爱整个世界。

不知要从哪里说起。

浮现在脑海中的第一个画面，是“旋梯”。那天，我们大吵了一架。

天刚蒙蒙亮，他打字机发出的声音就把我吵醒了，我的丈夫是位记者，他工作非常繁忙，往来于“旋梯”和巴黎的编辑部并没有使他的工作时间缩短。每天早晨，我都会递一杯咖啡给他，然后两人一起喝。那天早晨，他把咖啡给泼了。

“我想都不敢想！已经至少有 100 人丧生，30 000 人被捕，到处都在谈论这些消息，你呢，是不是也不敢相信？”

是的，我也不敢相信这是真的。在德国，戈培尔部长已经吹响猎杀犹太人的号角，这群纳粹狗那天晚上把所有的玻璃碗碟通通敲碎，还恬不知耻地称之为“水晶之夜”。保罗越是步步紧逼，对着我针砭时弊，我就越能感觉到他话语背后的责备和气愤。突然间，怒火爆发了。

“这日子我过不下去了！我之所以同意搬到这儿来，是盼着你能好起来，而不是让你天天自怨自怜的！你已经不是从前的那个你了，你以为把自己关起来，和所有人断了联系就能解决问题吗？我有什么问题？我唯一的问题就是每天晚上都念着要回来和我的妻子团聚，而她脑子里却只想着我到底有没有买画布、木炭棒、丙烯颜料。外面发生了什么，你一概不闻不问。你现在比你躲着不想见的那些人还要糟糕。看，我现在已经迟到了！”

“是啊！快滚，滚回你的天堂去，那里的人什么都知道……去跟你亲爱的读者们解释这世界到底怎么了，别再劳神跟我啰嗦未来的世界局势了！”

这是我们之间的第一次争吵，我和他之间战争的号角也吹响了，这号角预示了什么，我心里很清楚。那天是1938年11月11日。

我丈夫说的没错，我已经有好几个星期没碰过报纸了。主张增加人口的党派天天都在报纸上狂轰滥炸，我读不下去，各种大同小异的诅咒俯拾皆是。

“生！生！生！势必把1914年的空缺补回来！”

“法国人口一到6 000万，我们就胜利在握了！”

“647 498人死亡，612 248人出生，这算什么爱国精神……”

我们家呢，死了四个，却一个都生不出来。六年了，我和保罗一直都想要个孩子。只是在没有把家里的事情打理好之前，我什么也不能做。

我们是在1932年3月16日结婚的，那时我十九岁，保罗二十岁。结婚那天，教堂要敲钟，以向众人宣告我们喜结连理，同时也是提个醒，当下人口紧缺，要赶紧生孩子。在我们这个圈子里，有一对夫妇，就会有一个孩子，二者缺一不可。

刚结婚的时候，身边做了“妈妈”的人都跟我传授经验，怀孕是天底下最受罪的事，有时候都会想是不是我们上辈子说错话犯了忌讳，要到这辈子来赎罪。女人们聚在一起，免不了要谈起孕事，就好像男人们碰头后少不了荤段子一样。

起初，她们让我不用发愁，身子一调理好，自然就能怀上，只不过是个把月的事情，她们对此满有把握。紧接着，就是双亲的猝然离世，千万不要小看这次意外对我们的打击……

确实，千万不要小看这次意外对我们的打击。

我们结婚典礼那天晚上，电话铃突然响了。我们两家父母开的车翻出了公路，那个拐弯的地方并不危险，是因为开车的人喝醉了，四个人全都死了。

保罗和我都不想知道开车的那个人到底是谁的父亲，因为我们非常害怕有一天会互相指责，越吵越恨，恨到极点的时候就会把这件事重新抖出来。送他们出门时，我们恨不得马上享受二人世界的甜蜜，都没来得及好好道声晚安，这让我们追悔莫及。

就这样，从此以后，我们就只剩下二人世界了。他们走后，生活变得面目可憎，我从来没有想过我们新婚的初夜会在抽泣声中度过。

抱头痛哭之后，我们开始试着把自己的悲伤藏起来，怕对方看了会被感染。有好几个星期，我们俩都是红着眼睛忙不迭地躲到另一个房间里嚎啕痛哭。残缺怪异的家谱看了叫人伤心，但我们还是尽可能地接受这残酷的现实。家族成员名单上已经一片荒凉，像一只沉重的包袱压在我们身上。两个人仿佛在不停地下坠，而能救我们的，只有孩子，至少，我是这么期望的。我祈祷着孩子的啼哭可以击碎这岩石般的沉默。我们还可以从孩子身上，从他鼻子的形状、嘴角的弧度、脸的轮廓中找回父母的影子。

真正相爱的人都享受相对而坐的亲密，我们也不例外。可悲剧就在于，除了两个人孤单地面面相觑，生活没有给我们任何选择。记忆中每一次家庭聚会都是那样欢欣愉悦。我们两家父母非常合得来，一有时间就会在一起吃晚餐，有时候甚至撇下我们单独聚会。我的父亲天性幽默，就算是站在我们的结婚蛋糕前面也没忘记逗大家一乐："今晚，我们不是为包办婚姻，而是为包办友谊而举杯。"在保罗的父母致辞之后，我父亲把杯中美酒一饮而尽。"香槟！"我不敢想，会不会就是这一口酒将他们置于死地。

就像古希腊悲剧一样，神要惩罚有罪的人，会下毒咒让他们死。而现在，我生不出孩子，这仿佛是厄运的穷追猛打。是不是非要我们两家都绝后才肯罢休？这难道是上帝的旨意？

三年过去了，没有一点动静。身边所有朋友都已经抱上了孩子，有些都怀上了第二胎，而我依然挑着那根细长的影子四处飘荡。先前那些关切询问的眼神变成了挑剔和嫌恶。曾经热心为我出主意的，现在只会窸窸窣窣地低声做弥撒，她们都猜到了，这根本不是个把月的问题，而是我的身体有问题。之前是别人说话，没经验的插不上话，而现在，大家已经不屑提起了。

我很无助，也很孤独，保罗和我从来不谈论这个话题。我连个倾诉的人都没有。

我们的家庭医生帕斯金是个很有魅力的人，可就连他也忍不住把这个消息从听诊桌带到了饭桌上，这种逸闻任谁都管不住嘴巴。

“鳎鱼真鲜美！对身体特别好！各位夫人，你们知道吗？女人吃了，能增加十倍的生育力，看，我可得告诉可怜的维纳夫人一声，估计能帮她点忙……”

两条鳎鱼和市场上的一名小贩就能把我不孕的消息传得沸沸扬扬。

我只能求助于阅读了。可是，当我决定去离家很远的塞纳河左岸找书的时候，觉得特别丢人，只好装作是替朋友买书。

一本关于不孕不育的参考书，作者是奥古斯特·德波尔。

《怀孕妇女与新生儿的特殊保健、婚姻生理与保健以及夫妻生理与医药史》

把这么长的书名一字不差地记下来很不容易，我只能靠幻想这本书治好了书店老板娘的不孕症来激励自己，能想的办法都想了。德波尔的书是1885年出版的，可直到今天，以不育为主题的参考书依然仅此一本。

“生！生！生！势必把1914年的空缺补回来！”

为了让人口猛增，政府出了狠招：禁止堕胎，禁止避孕，同时也禁止传播一切性知识。只要不告诉他们，就不会有人知道怎么避孕。这种策略再好理解不过了，封锁一切信息，让性欲为所欲为。其实治好不孕不育症也不失为增加人口的一种手段，只可惜，掌权者满脑子都是禁令，对治疗一事不屑一顾。在那个时代，不孕的妇女不过是一小撮早就被别人忘记的不算女人的女人。他们的账算得很清楚，30毫升精液就等于1 200毫升血，不可以有一丁点的浪费。所有的医学书都把和不孕妇女交配这一项删除，称她们为“无用性交的害虫”。

看样子，这家书店我是来对了。一排排书架望过去，我胸中涌动着一股狂热的希望。几秒钟之后，我就把参考书拿到手了，虽说年代久远，但至少有参考价值。不管怎么样，要是奶奶辈的人吃药起了作用，那她们的医生也能给我开个好方子。

老板把书递给我的时候，悄声说了句“祝您好运”，像我这样借口说是为朋友买书的女人，他可是司空见惯。一拿到书就紧紧抱在胸口不放的那些，他一眼就看出来了。在这些人眼里，书好像不是字写成的，而是药熬出来的。

书店老板的善解人意叫人感动，他是这几个月来第一个对我伸出援手的人，也是唯一一个我不用对他撒谎的人。说起来有点吓人，他是我最后一个坦诚相待的人。

我恨不得“一头扎进”书里去，相信我，这时候，这个说法已经不仅仅是个比喻。

按照书里说的，生孩子其实不难，只要把保健问题解决好就行。这是绝望中的一点希望，我顺着这个愚弄人的螺旋梯极速滑了下去，把他的建议一条条照做了。

为了唤醒“沉睡的器官”，必须吃刺激的东西，索菲为我准备的都是那上面推荐的食物。芝麻菜、芹菜、朝鲜蓟、芦笋、松露……我总是背着丈夫偷偷把这些东西大口吞下去，然后，强迫自己再陪他吃点，即使肚子一点也不饿，到后来，一想到吃饭，就好像要奔赴刑场一样。唯一能安慰我的，就是幻想所有不孕妇女最后都怀上了孩子。

1 升马拉加麝香葡萄酒

30 克香草

30 克月桂

30 克人参

30 克大黄

酒里浸泡 15 天

我带着一种悲壮的心情，喝了这种据说会让性欲亢进的酒，把这种酒混在所有的汤汁、果酱、糖浆里，再把迷迭香、鼠尾草、牛至、薄荷和洋甘菊各 500 克，放在一起浸泡 12 个小时后倒入浴缸，久而久之，皮肤也染上了叫人反感的草药的颜色。

我还吃自制的药，配方是德波尔书里头写的。各种胶囊、涂剂、膏药，浴室俨然成了一间大药房，所有的实验，目的只有一个，就是生出孩子。可是一天天过去了，我的肚子不见任何动静。

我头脑发热，剂量轻重不分，治疗变成了恶性循环。奥地利的安妮不也是等了 23 年才生下了路易十四吗。在我们行房之前，先要在滚烫的水中泡澡。要用桦树编成的扫帚猛抽腰部、大腿和臀部，还要用犬蔷薇来擦拭阴户，这叫人瘙痒难耐，最难以忍受的，是身上还会出疹子。

这种疗法听上去有点恶心，可我依然照做了。我变成了自己的小白鼠，只有怀孕才能让我停下来。那时候，对于身体不中用的女人而言，这些建议就是灵丹妙药。一般新的研究成果出现，老药方就会被淘汰，可是六十年间，关于不孕问题的研究却没有丝毫进展。

后来，有一天是我丈夫的祖母格兰尼的生日。

午饭结束之后，格兰尼敲了几下茶碟，想引起大家的注意，她感谢我们 16 个人今天的到来。大家都鼓起掌来，突然冒出一个声音："可是奶奶，哪来的 16 个，我们明明只有 15 个啊！"

老太太眯着眼睛笑了起来，装作要重新清点的样子，点完后摇了摇头，说：

"我可没有老糊涂，我把自己也算进去了，就是 16 个呀！"

这时候，终于有人反应了过来。气氛一下子热烈起来，桌边坐着的每个女人都被点了名。"玛琳！""卡特琳娜！""马蒂尔德！""贝伦热蕾？""艾玛！""维尔吉尼？"

所有的名字，除了格兰尼和我。她，已经不可能再怀孕了，而我，从来都没怀上过。保罗在桌子底下紧紧握住我的手。游戏本是无心而起，可它“猜谜”的性质却让整个场面变成了对所有客人洞察力和敏感度的检验。最后，如同乐器终于调好了音，其他的声音都弱了下去，只留下最后一个名字：“马蒂尔德！”“马蒂尔德！”她就是今天的女主人公了，她的脸上洋溢着陶醉和兴奋。大家都鼓起掌来，女主人公站到了我们中间，音调越来越高，因为怀孕，听起来沉甸甸的，却又尖利单薄，肯定是得意过头了。

忽然，我们俩的目光撞在了一起，她那正在绽放的光芒四射的笑容一下子就碎了，尴尬迅速蔓延到整张桌子。没有人说话。游戏的欢乐转眼就被现实的残酷掩盖，我的现实。这一刻，我忽然明白，自己的病已经成了“整个家庭的不孕症”，当着我的面，是不应该尽情展露笑颜的，因为这个可怜人，她费尽力气也得不到别人唾手可得的幸福。我被羞耻感钉死在原地。

不孕症就是我的代名词。我说不出话来，这次的怒气和难过比之前任何一次都要强烈，我知道她们心里都是怎么想的：她生气，是因为她生不了孩子，她难过，是因为她生不了孩子。而我在想什么，无足轻重。

她们肯定猜到，我是无地自容才匆忙离开的。是的，她们猜对了。可是她们永远不会承认把我一头按在这羞耻之中的罪人就是她们自己。

我承认，为了这次搬家，保罗做出了很大的牺牲，他终日往返于尼斯蒙和巴黎之间，要么是去上班，要么是回来吃饭，从来没有一句抱怨。因为他依然很投入地生活，男人是不会有女人的烦恼的。

到了“旋梯”之后，我再也不想听到任何影射我生不了孩子的风言风语，大家也都很配合我。没有一个人来家里看我。想和别人隔离开来并不难，离开巴黎就是了。保罗和其他人尽量避免这个话题，索菲也装作什么都不知道，而雅克只关心他那些牲口。索菲，是我们家的女佣，而雅克，是保罗的跑腿。

幸运的是，我还有阿尔贝多这样的朋友，如果他没有建议可给，就不会多一句嘴。阿尔贝多•吉亚高美迪是我的朋友，他答应要来给安妮上课。

安妮就是安妮，是这里的一个小女孩。也是唯一一个打破我宁静生活的人。

她经常在“旋梯”的周围画画，我远远地看着她。一天，我让雅克把她请到家里来喝茶，想找个人陪。从那以后，她就经常来家里画画，连我也没想到的是，我竟然挺喜欢她，她待在家里，我一点都不觉得厌烦。这么长时间以来，不把我当成“生不出孩子的女人”看待的，她是第一个。我尽心尽力地为她寻找绘画所需的材料，仿佛我先前失落的母性一下子找到了安身之所，并不是说她已经取代了让我魂牵梦绕的孩子，那就有点太滑稽了，只不过，我和她的关系和母女关系有些相似，生活有时候也确实够滑稽的。

她从来不多嘴，也从来不为我们夫妻俩没有孩子而大惊小怪。我知道她不是装出来的，也不是害怕，仅仅是因为从来没考虑过这件事，安妮根本不会去想什么正常，什么不正常，也不会把我当成怪物。那时候，是 1938 年的 11 月。

我相信，要想控制痛苦，就只有把它深埋在心里。所以，我克制自己，不告诉她，我宁愿她什么都不知道，如果她一直陪着我，也许我会渐渐淡忘这痛苦。

不幸的是，我们不可能一辈子都避开这个话题，相爱的男女不能，两个因真诚的友谊而联系在一起的女人也不能。

终于有一天，我还是什么都对她说了，没有隐瞒任何一个细节。我说啊说啊，根本停不下来。就像一个醉鬼，非得满口喷胡话，说什么都无所谓，跟谁说也无所谓 。她是我的第一个倾诉对象，我听着自己把内心奔涌的情感化作绵延不断的句子，心里非常别扭，但头脑却又异常清醒。可很快，我就后悔了，我知道我把一切都给毁了。

她和我面对面坐着，这个不幸已经把她的心给碾碎了，她不知该如何安慰我。而我，仿佛一瞬间又找回了离开巴黎时想要摆脱的那种羞耻，它死死地黏在我的身上，我只好低下头，两手支在下巴上。我同安妮交往以来，第一次这么灰心丧气。我把什么都毁了，我为自己的懦弱而哭泣。

在爱情和友谊中，只有在游刃有余之后，才可以对彼此倾诉秘密。不是所有人都有足够的心理准备去倾听秘密的，尤其当你的倾诉对象还是一个天真无邪的小孩子时。有些故事，并不在他们的理解范围之内，所以要先做好铺垫。我瞧不起那些对孩子倾吐苦恼的大人，我也瞧不起我自己。可是那天，恍然间，我不再是个大人，我根本无法意识到安妮还那么小，小到无法承担我的秘密，小到无法给我任何建议。在这个故事里，她找不到自己的位置，她别无选择，只能和我一起淹没在这深深的绝望中。而当一个人敞开了自己的秘密之后，紧接着，对方的秘密也会被打开。

安妮不想要孩子，她自己还是个孩子呢，可是在这个问题上她竟然有那么大的决心，我暗自称奇。我看到她眼睛里迸射出强烈的光，双手不停地叠着餐巾纸。这一刻，一个完整的她出现了：非常坚定又无比温柔。而她的魅力也正来自于此，一个奇异的矛盾体。

激烈又温驯。她的生活态度和很多孩子截然不同，自此，我也明白了，为什么在她眼中，我的不孕只是轻描淡写的小事。

“二者不可兼得”，她加了一句，紧接着列出了一大串名单，全是些做了母亲之后就扔了画笔的女画家。这是她的一个朋友告诉她的，她深爱着的那个叫作路易的小伙子。

她也说起过自己的父母，她是他们在彻底不抱希望之后意外怀上的，只可惜好景不长，刚生下她那会，老两口欢天喜地，但不久后喜悦就被害怕失去她的忧虑掩盖了，母亲天天围着她转，永远有操不够的心。而父亲呢，想让母亲理智一点，到头来两个人总要拌嘴。晚上，母亲会偷偷钻到她床上来，安妮这才明白，她是故意和父亲吵架，然后就可以睡到她身边来，听着她的呼吸，确定她的小女儿活得好好的，才会安心。她这么密不透风的爱护，却无意中给了安妮一个可怕的暗示，那就是，孩子是沉重的负担，是一出即将上演的悲剧。

安妮最后总结道：“童话总是以‘他们走进了婚姻的殿堂，并生下了许多许多孩子’结尾，这并不是无缘无故的。”一针见血而又敏感多情，这就是我为何会喜欢上安妮的原因。安妮，她的想法超越了她的年纪和阶层。

可是，她毕竟还小，还不知道有些痛苦永远都没有出路。而她想要找到一条出路，不管是什么，找到就行。她不应该这么固执的。

她说想要代我生个孩子。

不好意思，我说错了，她是想生个孩子送给我。

那天是1939年2月7日。我一直低着头，把下巴埋在手里。眼睛盯着餐盘边上的报纸。我的眼神死死抓着那个日期，就好像一个摇摇晃晃的人随手抓住什么不让自己倒下。

那一刻，这个建议在我看来非常荒唐、轻率和幼稚，我发誓当时真的是这么想的。但绝望是种隐痛，它会在夜里飞速生长，从那晚开始，安妮的话在我头脑中过了好多遍。难道这才是我们相遇的真正意义？这难道是上帝的旨意？

那个时候的我，在绝望的啃噬下，选择蜷伏在上帝的脚下。只是，我既不虔诚，也不参加任何相关活动。我所能达到的最高境界，只是迷信。迷信不同于信仰，它属于那些需要一根救命稻草却又永远不能获救的人。就像我，因为不幸，只能为了一己私利着想。

离开巴黎的那天，我很绝望，恨自己不能同时做两个决定。我拉开了丈夫的抽屉，里面放着我们所有房产的钥匙，一股莫名的恼怒把我往前推，于是，我在这堆金属的钥匙中乱抓，闭着眼睛从中间随便抽了一把，一看，是“旋梯”。我想都没想就接受了上帝的旨意。

他是不是在那里安排了一次邂逅？这次邂逅之后，我重新回到巴黎，怀里会多出一个孩子。在这个故事里，推波助澜的人是上帝。

一天，我无意中瞄了眼安妮的肚子，我想象着它会一天天鼓起来，而藏在里面的就是我的孩子。

仿佛在睡眼朦胧中看到了一点希望，我终于承认，自己最大的忧虑是保罗，我怕他离开我。我多想一秒都不敢，怕有一天担心会变成现实。

在我们生活的这个圈子里，孩子是必需品。他呢，他有生育能力吗？他见到别的女人时在想些什么？他是不是也会被她们迷住，因为她们不仅漂亮，还能替他生孩子？

保罗是我的丈夫，我唯一的爱，这个不幸的事实会把我们击垮。可是曾经，我们是那样爱着彼此啊。

受精的理想条件我早已谙熟于心，在找到其他方法之前，我自己也试过，现在，我希望安妮和我的丈夫来实现它。所有医生一致认为，性行为不能超过三分钟，欲求太强会影响受精。三分钟就能换来一个孩子，让他们做一次又有何不可呢？我相信，如果上帝是真心想把我拉出绝境，一次就够了，可是“差错是总出在太有把握的时候”，这是保罗经常挂在嘴边的话。

“我已经跟你说了多少次，《慕尼黑协定》不过是场阴谋，他们怎么会以为希特勒能就此收手？差错是总出在太有把握的时候，先是弄出了莱茵兰，接着德奥合并，然后就是苏台德山脉！权宜之计根本没办法拦住那个疯子的狼子野心！下一步就是发动战争，我敢跟你保证。”

那天是1939年3月16日。保罗和我正在“旋梯”的花园里散步，希特勒已经占领了布拉格，捷克斯洛伐克命悬一线。保罗觉得我们也难免一战，而我，我不想相信，嗤笑他总有一套“灾难论”。安妮的提议总在我心上悬着，我没有心思考虑其他。那天天气宜人，而且是我们俩的结婚纪念日，我觉得是和他谈这件事的最佳时机。

“你怎么想得出来？你疯了是不是？那个女孩还是个小丫头，她根本就不知道自己在说什么，一时头脑发热才说出这种鬼话。可你脑子里到底在想些什么？你已经疯了，求求你了，醒醒吧。来，让我抱抱，亲爱的，你已经怀上过一次了，肯定还会再怀上的，我保证。”

我没有去他的怀里，并且，从这天起，我就再也没想过改变主意。我一直走到马兜铃的棚架下，坐了下来。保罗站在我面前，不耐烦地用手绕着铁质拱门旁伸出来的一根花茎，我用最清楚的声音告诉他，“我从来就没有怀上过，帕斯金他是骗你的。”

那是两年前的事情了，有一天，我发现例假没有来，等了几天，还是没有。在漫长的等待中，我已经计划过无数种向保罗宣布怀孕的方式，可一直都没派上过用场。他充满爱意地把我搂在怀里，之前他那么怕我们这一生都不会有小孩，他为我感到骄傲，并向我保证会做我能想象到的最好的爸爸。那天，我们用了整整一晚来为宝宝的未来做打算，而现在，我们再也不会了。第二天下午，我去了帕斯金的诊所，让他帮我检查一下，我当时还特意去了市场。晚上，我们邀请了最亲密的朋友来做客，迫不及待地想同他们分享这个好消息。

晚餐进行得如何，我不知道，保罗是怎样向他们宣布这个好消息的，我也不知道。从诊所回来，我跟大家打了声招呼，推说身体不舒服，就径自上了楼，躺了下来，留下他一个人和大家一起庆祝这件永远无法兑现的喜事。我不敢把真相告诉他。

我没有怀孕，帕斯金为我感到遗憾，我这次只是闭经，某种月经不调，不是很严重。不严重，他怎么可以这么说?

整整一个星期我都卧床不起，保罗以为我是因为有孕在身，容易疲劳，他都不知道要怎么关心我才好。每天早上，他都会为我念人们寄来的贺信。我吃不下饭，他很担心我，就请来了帕斯金。

他们把门关上之后，我长吁了一口气。帕斯金会告诉他到底发生了什么，不太严重的月经不调。当门再次打开的时候，他微笑着向我走过来，帮我把被子往上拉了拉，轻轻地告诉我，没关系，既然你已经怀上过一次，就会有第二次的，别着急，会好的，我爱你。

我哭着告诉他我根本没有怀孕，我生不了孩子，可是他不相信我。他让我冷静一下，发生了这种事，一时出现妄想很正常，医生已经提醒过他了。我只好停止了哭泣，保罗不相信我的话，他根本不愿意相信。帕斯金告诉他我患了抑郁症，这是很多女人在假分娩之后都会有的心理疾病。其实只要帕斯金能讲一次真话就好，可是他替我掩盖了真相。

“请您在先前例假来临的前几天，放六只蚂蟥于外阴，也就是说，分别在每片阴唇的内侧放三只，直到蚂蟥都掉下来之后，用一个伞菌的小球堵住伤口止血。每天两次，连续三天，并在阴道内注射刺激性液体：

液氨——4 毫升

冷却后的大麦煎液——250 毫升

“此疗程之后，月经便会恢复正常，少有例外。

“很多妇女，特别是年轻女孩很反感蚂蟥疗法，因此，在决定采取这种极端的疗法之前，她们还可以选择在 30 度的温水中盆浴，摩擦外阴，在大腿内侧拔火罐，使用刺激性的泻药或者灌肠。将沸水产生的水蒸气吹入阴道，对着火苗打开阴道口以刺激阴道，这些五花八门的方法也可以帮助恢复月经，如果不起效果，那就必须要采用蚂蟥疗法。”

保罗用手指撕扯着马兜铃的茎秆，面色苍白，我观察到，尽管他把头低着，但眼睛一直在眨，这表示他心情非常烦躁。因为我刚刚告诉他的那个消息，是他不敢想象的，他摇了摇头，目光愣愣地锁在了眼前的一个点上，我知道他有话要说。

“为了能让你怀孕，我要求你和另一个男人做爱，你同意了，你之前说的是不是这个意思？你是不是觉得我做得不够？好吧……我想做个称职的丈夫，如果你觉得我应该和这个女孩睡觉，那好，我答应你，那是因为我爱你，你明白吗？仅仅是因为我爱你。但仅此一次，下不为例，然后，你必须把这个疯狂的念头从脑子里铲除，永远不许再提。”

我们正在做一件荒唐的事情。他刚答应我，原先那股要说服他的力量就蒸发了，只剩下他答应我而带来的绝望。三分钟等于一个小孩，我突然觉得这个算式并没有这么简单。

我并不是一个天生爱嫉妒的人，也没有谁预见到在爱情中会爆发这种病态的情绪，我丈夫没有，安妮没有，我也没有。我还没有到不惑的年纪。

直到今天，我还在问自己，如果当时我没有提出这个原本是想让他拒绝的建议，而仅仅是作为一个引子，让我们俩谈谈心，让他向我保证永远都不会离开我，永远都不会像别人那样抛弃我。阿拉贡的凯瑟琳，约瑟芬•德博阿尔内，索瑞亚王妃……这些血淋淋的例子，我不会是第一个因为不孕而惨遭抛弃的女人，这还没有算上那些默默无闻的。

可是，如果当时他拒绝了这个提议，我肯定也会恨他。事实上，我问他的这个问题，答案早已确定。

如果他不愿意，我会说他不爱我。

如果他愿意，我还是会说他不爱我。

这时，我才发现这个计划中隐藏的猥琐和下流。我写了封信给他，告诉他具体的步骤。我尽可能地使用命令式，让语言尽量不带感情色彩。所有医生一致推荐用传道士体位做爱，性伴侣只能待在床上，因为这是完成肉体交合的理所应当的祭坛。我依然记得这句话，“要在绝对的黑暗和安静中”，医生还禁止在房间里摆设镜子，因为这是“使人分心的污秽之物”。我用手指紧紧捏住笔，因汗水而变得湿滑，一阵阵嫉妒袭来。这三分钟仿佛是对我实施的一场永不见天日的酷刑。

晚上，雅克帮我一起把“无墙的房间”改装成了临时的约会场所。第二天，安妮就会和我的丈夫一起上同一节公共课，只是授课人是我丈夫。为了减轻自己的负罪感，我对自己说第一次的时候，要是也有个人手把手教我怎么做爱该多好。

事实上，我的解释根本不是想给她一粒定心丸，而是想吓跑她，想叫她落荒而逃，想让她为我停下那台恐怖的呼呼运转着的机器。要是她看到自己的画室已经变成了一间妓院，心里肯定会慌得要命。如果我的话不能让她感到羞耻，那看到改装后的画室，她肯定会害怕。“我丈夫一个小时后就回来了。”我催她，想让她退缩。

“明天再说吧……”

太好了，她是这么说的。我以为我赢定了，安妮知难而退了，她拒绝了我的要求。我感谢她，我们三个人中，只有她骄傲且勇敢地为这个疯狂的计划踩了刹车。

第二天早上她过来的时候，我根本没有任何心理准备。几个小时里，我祈祷保罗不要提前回来，但他还是提前回来了。这个本不可能发生的场景就在我眼皮底下上演了。

他来到客厅，我望着他，他却没在看我。安妮低着头，他对她说：“走吧。”她站起身，跟在他后面。我没有阻止，只听见“无墙的房间”的门被关上了。

我一个人留在了他们相伴离开的地方。没有人会察觉到我的心脏在剧烈地跳动，猛拍着前胸后背，让我喘不上气。保罗会回来的，他会向我道歉，说他无法和另一个女人做爱。在等待的过程中，即使有人拍我一下，我也不会有一点知觉，我的魂已经丢了，我已无法感知身体的存在，也许我们死后，魂还会在吧。

保罗是第一个回到客厅的，他守在壁炉前，木柴好像还在噼里啪啦的响着。一年到头，他都喜欢站在那里。我想，即使和另一个女人睡觉，也不会改变他往日的旧习。当他依旧站在壁炉前的时候，我有种强烈的被背叛的感觉，我望着他，他却没在看我。

我恨他，恨他还要站在这里，可是，当他重新回到我眼前时，我的力量、自信、尊严、骄傲也全部都回来了。我必须装作对刚才发生的一切很满意，装作心甘情愿地签下我自己起草的那份契约。就好像一具尸首等到了遗嘱实现的那天，我搜肠刮肚了半天，终于对正往门外走去的安妮说了一句“明天见”。

她已经走远，隐隐约约传来一声“明天见”。

只有保罗一句话也没说。他低头望着壁炉，他把手往前伸去，像是要烤烤火。那天是4月9日。柴架是空的，外面是炙热的阳光。我本该预料到将要发生什么。

接下来那个月里，一切又恢复了老样子，安妮还是会来这里，我的丈夫也会在将近中午的时候从家里出发去上班，晚饭的时候再回来，偶尔会更晚一些，但这种情况极少。

只有我变了。我不用再像以前那样，成天盼着能有个孩子，我现在只需安安静静地等着他的到来。我已经开始制订我们一家三口要完成的所有计划，我们会回到巴黎，回归到从前的生活，我不再是别人眼中的可怜人，再也没有什么能让我和保罗分离，我们尽情地做爱，而不用背负沉重的责任，我们已经有了孩子，也不会再奢求第二个，我们会重新捡起曾经弃之一边的闲情逸致。当我确信这一切即将到来的时候，我甚至不再因为保罗曾经拒绝过我的请求而生气。我的嫉妒在这些美好的远景之下沉沉睡去，我相信这一切就在不远的将来，这信仰让我快要失去理智。

可是，就在5月9日，保罗很意外地告诉我安妮其实没有怀孕，我何曾料到结局竟会是这样，更没有想过通知我这个坏消息的人竟然会是他。

不可能，肯定是他弄错了，他怎么可能比我先知道？

“是安妮跟我说的。”

什么时候？他们不是好久没见了吗？

“哦，不，不能这么说，并不是她亲口告诉我的……我们有过约定，如果她没有怀孕，就把房间的窗帘束起来，这样，晚上我经过小路时，一看见窗帘没放下来，就知道是怎么回事了，然后，我就可以转告你。这是我们之前约好的……你明白了吗，我和她仅此一次，下不为例……”

听他说着，我心里一阵阵的惊悚，我丈夫竟然跟安妮串通好了。爱都做了，可孩子连影子都没有，我绝望得快要疯掉，怎么会沦落到这个地步，之前就算是为了我自己也没有过。这次怀孕是我和他重修旧好的最后一次机会，我之所以能忍气吞声，眼睁睁地看着这两个人的身体纠缠在一起，是因为我以为一次就够了。不行，他们要继续下去，绝对不能半途而废，至少现在还不可以，继续做下去，直到怀孕为止。

保罗蓦地站起身来，愤然拒绝了我的要求，我们之间的协定已经撕毁，而违反条约的那个人却是我自己：仅此一次。他已经遵守了，这次是我错了。我们整夜争吵不休，他指责我想要把我们拆散，我回他说，如果没有孩子，我们只会散得更快。

第二天，他坚持要等到安妮过来再走。

“我不知道你还打算怎么给这个女孩洗脑。”

他站在客厅的窗边守候她，还没听见开门声，就已经到了门厅，他迫不及待地要见到她，我坐在扶手椅上，听的一清二楚。

“我已经通知了她，说你没怀孕，还跟她说了窗帘的事，你束起窗帘，是给我的暗号。”

他们一起回到客厅，他苍白的脸色中满是坚持，还朝着我的方向打了几个手势。

“她什么都听不进去，非要我们继续，我跟她完全讲不通道理，你去告诉她，告诉她这是根本不可能的。”

安妮用异样的眼神望着他，说：

“我同意我们继续。”

无论是我还是保罗，都愣住了，她怎么会突然冒出这么一句话来。

“我同意我们继续，一直到怀上孩子为止。”

安妮在说这句话的时候，语气中透出异常的镇定。我丈夫连忙往旁边退了几步，好像突然被她烫了一下似的，他看上去手足无措，在壁炉的台子上到处找毛巾，却突然想起来毛巾还挂在窗台下的墙边，就飞上前一步，一把攥住毛巾扯下来，走了。

我们还以为是在看费多的滑稽剧，尽管气氛非常紧张，但我和安妮在看到这一幕后，还是相视一笑。对刚才发生的一切，我们只是以沉默带过。安妮习惯性地递了本杂志给我，柔声对我说："到我这来吧，念给我听，我想把这幅画再修改一下。"就这样，我们又回到了原先那种和平共处的状态。

可是，我和保罗从此之后就不再说话了。我们默默地吃饭，就连索菲也不敢开口，之前，她很喜欢给自己做的每道菜作注解，比如把茄子的皮削掉让菜更有味，又或者说，你们运气真好，这可是于内戴尔先生筐里的最后一只，要不是她抢先一步站在了队伍的第一个，鸡早没了，索菲身上总有股热乎劲，可是在这样压抑阴沉的氛围中，她不得不装聋作哑，缄口噤声。

这个心病死死缠住我不放，就像所有的心病一样，它的威力足以毁掉周遭的一切。保罗必须给我个孩子，不管用什么方法，为此，我做了人生中最坏的一个决定，就是不让他上我的床，我要让他走投无路，最后乖乖地上安妮的床，他的理智也许会说不，但他的身体做不到。我用这种虐待死敌的方式一步一步攻破他的防线，可我却忘了，他其实是我最爱的人。

我们本可以这样长时间地僵持下去，坚持各自的观点，不给对方好脸色看。可是，忽然发生了一件看起来毫不相关的事情，就像在许多"剪不断理还乱"的窘境中一样，它让局面发生了根本性的转变。

“魏德曼早上被处决了，我在现场，有一幕实在叫人看不下去。刚开始，处决推迟了将近一个小时，我们都不知道原因，当捆得严严实实的魏德曼被扭送进来的时候，天还大亮着，记者们异常兴奋，因为他们从来没有拍到过执行死刑的照片，之前都是在晚上行刑，拍出来的都是废片。我不断听到照相机的咔嚓声，人群中不时爆发出叫骂声，德富尔诺像往常一样，面无表情地下令斩首。就在那一瞬间，好多女人冲出警戒线，死命地挤到已是一片血泊的地上，用手帕在血水里蘸着，就像一群鬣狗。那时候，魏德曼的头都还没来得及滚到篮子里去。

这幅画面看得我胃里直翻腾，女人们蹲在地上，扯开嗓子嘶吼着，还用双手把血水揩净。后来，欧仁向我解释了一大通她们为什么要这么做，从诉讼开始他的嘴就没停下来过。他跟魏德曼同名，编辑部被挤得水泄不通，要不是一个小滑头在经过的时候做了个割喉的动作，还叫了一声‘哎哟，快看呐，这些女疯子还真以为碰了这个大魔头的血就能怀上孩子哎！’，他根本一步都挪不开。欧仁绘声绘色地讲述的时候，你不知道我心里有多怕。我闭上眼睛，都不敢再睁开。我怕看到你也从人群里冲出来，跪在那些女人中间。我缩在人群的最后面，在街道的角落里搜寻到你的身影，如果你在，也肯定会找个没人看到的空当，从包里掏出点东西扔下来，然后小心翼翼地让裙子的边缘碰到地面，也收集几滴血。这种事难道不像是你干的吗？后来，我托欧仁帮我在纸上记点东西，自己赶紧先回来看看，我想早点知道你在哪儿。亲爱的，发生在我们身上的不幸让我也很痛心，可我永远不想看到你的裙子着地，你明白我在说什么吗？永远也不要。你还是想我继续做下去吗？”

“嗯。”

“她过来了吗？”

“嗯。”

那天是6月17日，欧仁•魏德曼，这个“乌立兹杀人狂”连杀六人之后，被送上了断头台。而同时被送上断头台的，还有我。

从那个星期六之后，他们每个星期六就都会碰一次面。这是我们之间公开的秘密，可谁都绝口不提，因为，这秘密要是说出来会叫人瑟瑟发抖，我们有着超乎寻常的默契。那些天，我会刻意躲得远远的，也会故意支走雅克和索菲。让他开车送我去巴黎，让她上街买东西，这样，就不会有人知道在“无墙的房间”里正在上演着怎样的阴谋。

雅克在诺曼底电影院门口等着我。我想去电影院看场电影，兴许看完就不会像现在这么死心眼。让自己走出来分散下注意力，会比死守在隔壁房间更容易想开点。可是，要让那个疯狂的想法不再叫嚣，这招其实并不管用。我还记得，那天放的是《浮生若梦》，奥斯卡最佳影片。这部电影好评如潮，说可以从中看到“一个充满乐观精神的卡普拉”[1]，所以看之前我就一点都不担心……但也有另一种可能，对身处困境的人来说，影片中的乐观积极会起到反作用，这苦果我早就尝过。那天，我心上的结打得太死，根本无法陶醉其中。电影快结束时，我已在那首《波莉•多利•都朵》中泣不成声。像其他观众那样感到幸福和放松，我做不到，充塞我内心的只有不幸、愤怒和慌乱，因为此刻我爱的男人正在和另一个女人做爱。这部电影非但没能将我从悲剧中拯救出来，反而让我决定要更加肆无忌惮。

我必须想办法来笼络保罗，要用其他东西把他的星期六换回来，要亲口告诉他我有多么感激他。

自从我们住进“旋梯”以来，我就推掉了所有的邀约，但那天，我问他要不要陪我去波兰大使馆的招待会和萨沙的婚礼，我知道他一定会答应的。前者，是出于当前的政治形势，后者，是为了友谊。

“这两次聚会中间，我们回家睡吧？”

“好。”

---

1 法兰克•罗素•卡普拉（Frank Russell Capra，1897—1991），意大利裔美国导演。——译注

“我说的是巴黎的那个家。”

“嗯，嗯，我知道。”

那天是1939年的6月28日。

大使馆的晚宴气氛很好，却令人沮丧。整个巴黎有头有脸的人物都到齐了，他们对时事漠不关心，波兰和德国的剑拔弩张根本没被他们放在眼里。大使卢卡舍维奇一整晚都在跳舞，光着脚丫，张牙舞爪，一会邀请这个，一会邀请那个，就连那些穿着制服的侍从，就连我，都去跳了。我已经好久没有像这样寻过开心了。玛祖卡，波兰舞，波尔卡，一支接着一支……保罗却越看越忐忑不安，大难当前，难道捷克斯洛伐克都不足以给他们一点教训吗？这时，我们旁边有个人，把脚踢得老高，随口答了句：“卢卡舍维奇认定希特勒夸下了海口，他已经得到可靠消息，说这位德国元首已经向意大利的头儿保证1943年之前不会动手。”保罗骂他是蠢货，可他的话音湮没在了音乐里，没人能听见。

放烟花的时候，我想牵着保罗的手，他却像块木头，任我怎么用力都毫无知觉，好像根本没有意识到我们已经有好几个月没有过这么亲密的动作了。也正是这一刻，我才知道他有多么为形势而担忧。而我呢，将自己置于事外，那些地缘政治学都与我无关，把他的手放在手心，我只想着我们很快就要有个孩子了。哇，好漂亮的蓝色！他很可能是个小男孩。那天是 7 月 4 日。

那晚我没有睡好，保罗没有回卧室，我却还一直盼望着能依偎在他的怀里入眠。他一整个晚上都关在办公室里，擦拭他所谓“为了收藏而收藏的手枪”。

早餐时，他冷不丁来了一句，生活还真是怪有意思的，这么长时间没有摆弄过它们了，有几支让他更加爱不释手，剩下的，他却兴趣全无。

这个一语双关的句子，我一直都牢牢记在心上。虽然它听上去简简单单，丝毫不会流露出其背后隐藏的深意，却让说者和听者都能品尝到无尽的余味。这种“关键句”会让我们在晚些时候重新忆起，恍然大悟到：原来这才是他真正想表达的。所以，你叫我如何忘记这一刻呢？

这些枪原本是他父亲的收藏，父亲死后就传给了保罗。

他总是把“小德林格”随身带着，就好像一个大家族里，一枚戒指会从上一代女人的手指传到下一代女人的手指一样，在我丈夫的家族中，这支“德林格”也是从上一代男人的衣袋传到下一代男人的衣袋。他们说当年就是这支手枪杀死了林肯总统，留着它是为了不忘历史。索菲，对她来说，林肯的死根本不算什么，她总把这跟她洗衣服前掏保罗的裤袋相提并论，还不忘发点牢骚，说揣着把枪散步可不是什么好习惯，会倒大霉的。而我们对此总是付之一笑。

第二天早上，我们前往丰特奈—勒—弗勒里参加萨沙•吉特里的婚礼，好多村民都围在迎亲队列旁看热闹。我很感动，却不是为了眼前这场婚礼，而是此情此景让我想起了我和保罗结婚的那天。那两句“我愿意”仿佛又在耳畔响起：在这短短几分钟里，爱变得那么单纯，在场的人当中，即便是那些最不易动情、最玩世不恭、最洞穿世事的，也无不对这份爱确信无疑。只是，这几分钟一过，大家又会变回原样，就像保罗。

“他们的年纪相差还真大。”

萨沙五十四岁，而热纳维耶芙才二十五岁。我没有吱声，心里却漾起一丝反感。不到一个星期，我竟然连着碰到两对老少配。

上个星期六，我在诺曼底电影院看了《天色破晓》，导演卡尔内非常睿智，他把电影的核心思想很隐晦地表达了出来，阿尔莱蒂和雅克利娜•洛朗这两个女人非常相像，只有年龄的悬殊。二者选择其一，加宾和儒勒•贝瑞[1]一样，选了年轻的那个。智者一言已足，卡尔内在安排这两位女演员的时候应该是这么想的。

我向邻桌的客人论证了这个想法，他当时参演了这部电影，

1　儒勒•贝瑞（Jule Berry，1883—1951），法国演员，《天色破晓》男主角。——译注

他看电影的时候根本没往这上面想，经我这么一说，才恍然大悟。

来参加午宴的人不多，才105个。萨沙本想把他列出来的人都请来，他喜欢热闹。我倒是觉得现在这样很舒服，氛围轻松愉快，客人也个个健谈，让我暂时忘了那些跟孩子有关的庸俗不堪的念头。天气不太好，除了甜点，我们都是在室内吃的。花园里，有一头驴拉着一辆小车，车上种着一株樱桃树，所有人都可自行取用。女人们觉得这个想法非常浪漫诗意……男人们则懒得站起来，本来他们中的大部分就对甜食不感兴趣。而我，站在这么多女人中间，突然有些胆怯，就让别人都抢到前面去了。看着她们一个个走下台阶，我已经卸下了心中的防备，也明白了一件事，这些都只是我曾经的敌人，我此刻的对手已经换了人。

拉车小驴的旁边，还有一头白色的小母鹿，这是萨沙送给热纳维耶芙的结婚礼物。

安妮就是那头漂亮的小母鹿，而我是那头累死累活的驴。

明眼人都看得见的事实却着实让我大吃一惊，我们俩相差整整十岁，我怎么从来都没有意识到，顿悟之后，我仿佛扇了自己一个耳光。

“安妮小姐肯定会叫很多人忍不住回头看的！”

最近几个星期，索菲的这句话到底跟我说了多少遍？我怕她是话中有话。家里什么都瞒不过用人，他们的眼睛比谁都尖，耳朵比谁都灵。我们是他们视线的焦点，即使百般小心，也难免不露马脚。床罩往下掉，窗帘拉得太低，只有他们会一遍遍清理房间，哪怕是一根微不足道的头发，太过慌张或冷淡的神情，一点点蛛丝马迹都会被他们看在眼里，记在心上。

那是一个星期六的早晨，和先前几个星期一样，我照例上了车，快出村口的时候，我装作才想起来今天是什么日子。于是，把他们差遣去市场买菜，而我想回家。第二天就是 7 月 14 日了，巴黎的香榭丽舍大道肯定禁止通行。我对雅克和索菲说让我下车，我自己走路回去。

“安妮小姐肯定会叫很多人忍不住回头看的！”

我把这句话牢牢地记在心上，生怕自己又摇摆不定，不敢待在家里。可我到底为什么会如此坐立不安？我不是在窥探隐私，更何况游戏规则是我自己定下的，我留在家里，并没有任何失礼之处。听到他们关上门之后，我使劲让自己平静下来。他们往床的方向走去，我听不清他们在说什么，厚重的帘幕把我们隔开，他们之间的窃窃私语就像一团小火苗一样渐渐熄灭了。等他们差不多要躺下的时候，我走到帘幕后面，轻轻撩起了一条缝。

他们没有睡下，两个人坐在床沿。保罗用手把她的头发往上撩了撩，想细瞧她的脸。他们小声说着话，深情地望着彼此。安妮背对我坐着，我只能看到保罗的脸。他脸上闪烁着兴奋和喜悦，然后，我就看不到了，他们开始亲吻对方，吻在嘴唇上，恣意忘情。安妮的手指从保罗的颈部一直滑到肩部，他任由她挑逗。他凝望着她的唇，这番长久的爱抚之后，安妮径直走到地上堆着的一叠画布前，她拿起放在最上面的几张，然后把最中间的那张抽了出来，藏得非常巧妙。在她把画放在画架上之前，我就已经猜到将要看到的会是什么：保罗的画像。

她画了很久，而保罗直立在她跟前，一动也不动，就那么静静地看着。她突然把画笔一搁，走到他面前，屈膝蹲下。就这样，他们久久地对望着，压低了声音对彼此倾诉。突然，他猛地把她抱了起来，吻她，他们温柔地爱抚着彼此，然后再把对方的衣服一件件褪去。他把她紧紧拥在怀里，仿佛她是他刚刚迎娶的小新娘，他把她抱到一张高脚凳上。他弯下腰，用舌尖温柔地舔舐着她的阴蒂，她因爱抚而轻声低吟。然后，他们又一起回到床上，两副躯体紧紧拧在一起。她坐在他的大腿上，他抚摸着她的乳房、臀部，亲吻她的额头，他喘息着，她的手上下撸动，直到乳白色的液体喷洒在床单上。

呵，这就是那个让我寄予厚望的小姑娘吗？

他们一刻不停地在对方的身体上摸索着，手放在彼此炽热的焦点上，脸朝向彼此。保罗帮她把衣服一件件穿上，在她整理头发的时候，保罗的手轻轻地按在她的后颈上。然后，他们一起走出房间，她的手握在他的手里。

而帘幕后的我，胃里仿佛有无数把刀在同时绞着，刚才的亲眼所见让我胃里剧烈地翻腾，可是，那一幕在我脑海中一遍又一遍地循环着。

我之前怎么没有意识到呢？她是那么美，而她身上的那种狂野更让人对她浮想联翩。她不知廉耻，轻佻到是个男人就上，那只手抓的是那么准，即便躺在床上什么都不干，她也是一脸的淫荡。一想到即便我和她做一模一样的动作也永远比不上她，我的胃里就开始翻腾。一想到我的丈夫被这个贱女人迷得神魂颠倒，我的胃里就开始翻腾。身体不会撒谎。

第二天，我忽然发现右鬓角生出了一绺白发，就在这时，保罗叫我。情急之下，我找了块头巾想遮一遮。我怕他看见，怕他猜出我其实什么都知道了。然而，他连我包没包头巾都没有注意到，而这条土得掉渣的头巾，任谁都要看上两眼。那一天是 7 月 15 日。

日子一天天溜走，却又凝固在显而易见的事实之中。安妮的画泄露了她内心的秘密，它们比以往更加激烈，更加不安。我依然记得大片大片的矢车菊田，黑色的背景之下透露出绷紧的张力。可是，我分明又从每朵花里看出了保罗的轮廓。这让人无法忍受。还有那么多星期六，我不能有一句怨言，无论是对他还是她。因为当初苦苦哀求他们继续下去的人是我。

如果我告诉保罗呢？他会做出什么抉择？他会不会对我坦白他对她的爱恋？我想央求他“回巴黎吧，回我们的家”，可是我不敢，我怕他的回答会加上一句“带上安妮吧”。我不想看到他摘下面具，既然他还没有勇气承认他爱她，我又何苦要帮他看清真相呢。

我并不试图去理解他们，只是怕和他们搅在一起。因为我们只会揭穿自己置身事外的秘密。有好几次我躲在帘幕后窥视的时候，都会剖析我丈夫的动作，有一些是他曾经对我做过的，还有很多没有。我必须强迫自己一次次目睹他们炽烈的爱、他对我的不忠，才能让仇恨一点点越积越深，才会让我攒够力量去执行那无耻的计划。接下来，在我每个脆弱、犹豫的时刻，这些揪心的画面就会提醒我，不要停，要更狠一点。

保罗和我两个人待在客厅里，广播开着，卫生部部长正在针对当前的人口危机发表讲话。德国的报纸上给出了要全民效仿的榜样：“舒曼是家里的老五，巴赫有七个兄弟姐妹，韩德尔九个，丢勒十六个，瓦格纳是家里最小的，老八，莫扎特，老十……”而我们呢，人口问题越来越令人担忧，按照这样的缩减速度，用不了几天，法国人口就会少掉一半，接着是四分之三，最后在地球上完全消失……”

我还没有听完，保罗就忿忿地起身把广播关了。过了一会，他对我说：

“其实安妮一直都没怀上。”

我用力咬住嘴唇，不想让自己爆发。谁让她把我丈夫的命根子含在了嘴里。

那一年，我们没去度假，这是从来都没有过的。往常的夏天，我们都要去科里乌尔的别墅小住一段时间。

保罗说现在的局势太紧张，这不过是个借口，他是不想离安妮太远。为了不让他起疑，我违心地回答，我也不想离开“旋梯”，“带薪假”把人全都赶到海滩上去了，挤得不行。对了，安妮和她父母也要出去几天。

我的反应让保罗的神经放松不少，他甚至没有觉察到我是在讽刺他，也没发现我把安妮踢进了那些让我瞧不起的穷人堆里去了。我带着恶意的讥讽一点也没有刺激到他，他早已不把她看作工人的女儿了，他只知道抚弄她的手指，轻轻地吻她手腕凹下去的地方。

让我完全没有想到的是，他竟想在八月中旬去多维尔待两天。

理由是那里比南部近，一旦局势恶化，我们可以尽快赶回来。我本以为他是出于对我的关切，却不想之后竟演变成了一场实实在在的噩梦。也许在不幸的人中间，我们还可以掩饰自己的不幸，可是当我们跻身于一群幸福的人之中时，什么都会一目了然。在海边，那些走来走去、叽叽喳喳说个不停的人让保罗的痛苦焦灼更加刺眼。他非常关心华托[1]的油画被盗，那幅《无动于衷》[2]。我一直都记得画名，因为当卢浮宫博物馆把这幅画找回来的时候，我的心情正好可以用它的名字概括。他还把相关的报道念给我听，左一个博古斯拉夫斯基，右一个博古斯拉夫斯基。他的这些自言自语让我惴惴不安。并不是因为我丈夫这次度假只讲了这几句话，而是，在他每句话的背后都深深地刻着安妮的印迹。他根本就不是在跟我说话。

在我们吃午饭的那间餐馆的卫生间里，我摘下了头巾，把白头发一根一根拔了下来。拔到第七根的时候，我做了个决定，如果战争没有爆发，就把安妮干掉。拔到第九根的时候，我擦干了眼泪。大厅里正放着《一切都好，侯爵夫人》这首欢快的曲子，而我是跟着它的节拍一根根把头发扯下来的。

只有与保罗分离才能把我拯救出来，我就像个祈求灾难到来

1 让—安东尼·华托（1684 年 10 月 10 日—1721 年 7 月 18 日），法国洛可可时代的代表画家。——译注

2 法语原名为 *L'Indifférent*。——译注

的可耻的投机者，一心只想着战争马上到来，而在 1939 年 8 月，已经有很多征兆显示战争将临。比如，法国开始周密部署原本消极的国防力量，整个巴黎都堆满用来包裹雕塑的沙袋，植物园把珍稀动物都清了出去，所有跟德国连通的火车班次都取消了。然而，让所有人寝食难安的不祥之兆却让我甘之如饴。

打仗还是不打仗？有一点风吹草动，我都会竖起耳朵，即便是些似是而非的线索。比如星相家们为希特勒和墨索里尼占卜，结果是“今年夏天这仗是打不起来的”，可我更希望听到，据观察，在法国的东部和德国，有成群的太平鸟迁移，就像 1870 年和 1914 年时那样：这些鸟的尾羽像是血红色的蜡质小球，传说是不祥的预兆。还有，有人找到了诺斯特拉达姆士[1]预言的罕见版本，那里面也没写什么好话。“从 1940 年开始，德国会从北部和东部大举入侵法国，届时，巴黎将化为灰烬，法军将在普瓦捷背水一战。那时，会出现一个英雄，他将唤醒所有民众，齐心协力将德国人驱逐出境，最后他被封为阿维尼翁国王，举国同庆。”

就连保罗也描绘了一幅末世图景，可惜他不知道这正中我的下怀。我们不仅难免一战，而且难免一败涂地的结局。想要瞒住

---

1 诺斯特拉达姆士（Nostradamus，1503—1566），法国籍犹太裔预言家，精通希伯来文和希腊文，留下以四行体诗写成的预言集《百诗集》（*Les Propheties*）。——译注

我，根本做不到。他们报社派他去调查我们军事准备的情况，调查结果让人大惊失色。他还成功地拦截到一些官方文件，军事委员会委员的通信，这些证据都显示我们必败无疑：我们的陆军作战能力薄弱，枪炮落后，部队缺乏观测和测量仪器。履带装甲车弹药供给不足，坦克无法在布满坑道和炮弹的地面正常行驶，一些部队甚至没有防毒气设备，没有用于预警的报警器。空军情况更糟糕，我们的防空炮兵只能击中 6 000 米以内的飞行物，而德国的飞机升限是 8 000 至 11 000 米。并且，现代化的飞机极度缺乏，我们的飞机飞不了多久就会机毁人亡。

活该。

我宁愿让战争带走我的丈夫，也不要让那个女人得手。

我宁愿让死亡带走我的丈夫，也不要让那个女人得手。

接着，里宾特洛甫[1]和莫洛托夫[2]竟然勾结到了一起。达拉第半夜被这个消息惊醒，还以为是记者开的玩笑。而主战派和主和派依然争论不休，有些人和保罗一样，认为枪炮已经打响，而阿拉贡这

1　乌利希·弗里德里希·威廉·约阿希姆·冯·里宾特洛甫（1893—1946），德意志第三帝国外交部长。战后，里宾特洛甫被英军抓获。1946 年 10 月 1 日，纽伦堡国际军事法庭判处纳粹战犯里宾特洛甫绞刑，15 天后被绞死。——译注

2　维亚切斯拉夫·米哈伊洛维奇·莫洛托夫（1890—1986），苏联革命家、政治家、外交家、苏联人民委员会主席。——译注

样的人却写道，战争定会推迟，因为刚签订的苏德条约会变成制约希特勒进攻的和平法宝。差错总是出在太有把握的时候。

这个八月，我每天晚上都在做着同一个梦，梦见我炸死了德国人，战争因我而爆发。

9月1日4点45分，德国“重骑兵”级重型巡洋舰“石勒苏益格—荷尔斯泰因”号在波兰属地维斯特布拉德半岛开火。8点，德军宣布从此但泽自由市及其领地均为帝国领土不可分割的一部分。

10点30分，保罗叫醒我，把这个消息告诉了我。他要去一趟征兵办公室，国家已经发出了战争总动员令。我找不出什么话来安慰他。

我们回到了巴黎，街上到处都是小孩，几十上百个，手上不是提着小行李箱就是拎着小包袱。在一些孩子的背上，还贴着大大的标签，上面写着他们的姓名。政府已经下令疏散儿童。我嫉妒每一个在那天晚上心疼流泪的女人，因为她们的不幸，恰恰是命运吝于赐予我的幸运。

9月3日，希特勒清晨7点起床，他得到了前线传来的激动人心的消息：坦克和歼击机已经把波兰给解决了。

9点15分，在办公室，他让人大声且缓慢地翻译出英国对德国的最后通牒。

12 点 30 分，法国大使宣读不得不念的文稿："共和国政府郑重地通知帝国政府从今天，即 9 月 3 日下午 5 点开始履行受帝国政府承认的《法国—波兰条约》。"

报亭里一张报纸也不剩，剧院电影院统统关门，赛马也全部取消，大批虔诚的信徒涌入教堂，队伍一直排到教堂前的广场。外面下着雨。保罗和我都窝在家里的客厅中，一言不发。保罗并不害怕，他只想了解情况。我凝望着他，很想把他的脸庞刻印在心上，只是，他的脸已经只剩下一具空壳，有个人先我一步把它带走了。

我出了门。雨已经停了，在许多建筑的门口，门房们都用大大的白色字母写着"避难所"。

马上就到下午 5 点了，我身边的人都在看表，还剩 20 分钟……10 分钟……5 分钟……终于，玛德莲娜教堂的钟敲了五下。战争正式开始。

很少有人相信，会有这样的妻子，望着丈夫远赴战场的背影，心里满是石头落地般的释然。可她们确实存在，我便是其中一个。

第二天，我就让雅克开车送我回"旋梯"一趟，不得不回去，要不然安妮肯定会疑心我是不是什么都知道了。不管怎么说，我也还欠她一声"友好"的再见。我算准了她还没走，她肯定还在等待奇迹发生，即使战争动员令已经发出，她也还是希望他留在那里没有走。她整个人都很苍白，为了不冷场，她向我提了在迪纳尔度假的事。是她父亲带她们俩去的，她，还有她母亲。

这就是保罗突然想去“海边吹吹风”的真正原因吧，我当时还真以为他是为了我。很显然，他们之后并没有见过面，要不然，她不会这么天真，跟我说起旅行的事。保罗闹着要去多维尔，只是不想离她太远，想到这点我更加抓狂。他到底还对我说过多少谎话？

千万不可以对她破口大骂来泄愤，也不能告诉她我其实什么都知道了，我不想这么作践自己。我只是想让她动摇。刚开始，她肯定不会信我，可是时间长了，这些话中暗藏的机锋就会一点点显露出来，没有人能抵抗。

上前线的前一天晚上，保罗有点情难自抑。他让我答应他留在巴黎，这样一来，信会最快收到。他不想丢下我不管，他全心全意地爱着我，大难临头之时，他从来没有像现在这样确信无疑。他一遍遍地告诉我，他爱我，他爱我。这个即将奔赴战场的男人，饱含着热恋中的不舍和激情，跟我激烈地做爱，而我们已经有好几个月没碰过对方的身体了。

我想用这些话刺伤她。我以为这一次会是永别。

可是，10 月初的时候，索菲突然进了书房，告诉我，安妮有话对我说。

“我怀孕了。”

我曾经日思夜想的一句话，此刻却让我的血液凝固了。她撒谎。我亲眼看到他们根本没有真正进入彼此的身体，怎么可能怀孕。

安妮没有多说一句以说服我相信她，是她的克制和郑重让我不得不相信这是真的。

已经在头脑中排练了无数遍，身体下意识地做出了反应，我走上前把安妮抱在怀里，感谢她，告诉她我很高兴。难以置信的是，我说的竟然都是真心话。我让她回家好好休息，一切都由我来安排，我现在得想好下一个步骤，必须得有个计划。

可我心里其实在考虑另一个问题，就是这个孩子到底是不是我丈夫的。谁能保证她只跟我丈夫上过床？可是，当那些曾经在我眼前上演过太多次的画面重新回到眼前的时候，我只能承认，她对他绝无二心，而他就是孩子的亲生父亲。

我不大能想明白到底发生了什么。我本以为，他们打心眼里不想怀孕，因为怀孕会让约会被迫中止。我也已经不指望她能怀上。我还记得，有一次，我有意无意在安妮耳边这么嘀咕了句，说不定不育的那个是我丈夫，我在这边干着急一点用也没有。于是，他们迫不及待地让安妮怀孕，证明我说的不是事实。我当初随口的一句猜想在他们看来是一种威胁。安妮心里也很清楚这么下去总不是办法，于是就想到可以给保罗生个孩子，这可是女人拴住男人的惯用伎俩。

突然之间，我又变回了整个事件的主导者。我决定要搬回“旋梯”居住，离开巴黎，没什么好伤心的。这个 9 月，巴黎的日子可算是举步维艰。不戴防毒面具都出不了门，只要一听到汽车鸣笛，所有人会立刻全副武装起来，以为是在拉警报。大半夜里，要是警报器忽然响了，大家就会赶紧东躲西藏，宁信其有，莫信其无，大不了让家里被强盗抢了。索菲心里七上八下，不知何去何从，她有个姐姐在一次地铁里的预警演习中被严重烧伤，当时乘客都还在车厢里，工作人员一时失手通错了电。所有的出租车都出了巴黎，忙着把逃难的家庭运送到外省。我不能走。哪儿都关门了，那些被动员入伍的人永远都不会等到替代者。我想搬回“旋梯”住。

我们留在尼斯蒙的话，她也不至于离父母太远。等到她的肚子能看出来的时候，我们就走。

刚开始，我想带她去科里乌尔，住在我们度假的房子里，可是时间越久，我就越不安心，想想还是回巴黎，那里更保险。

动员令发布的前几个月里，邮政系统乱得一塌糊涂，所有人都一肚子牢骚，收个信件包裹，得等上好几个星期。我却在心中窃喜，这样一来，我说的话和寄信地址就不会穿帮了。科里乌尔，巴黎，我开始时说了一个，后来又换成了另一个，要是跟他解释，他必定会起疑。可是当我在 11 月 7 日收到他的第一封信的时候，我就知道自己要怎么做了，还有点时间来做决定。

我不能仅仅满足于隐瞒安妮怀孕这件事，我还要告诉身边所有人我怀孕了。

我写信给保罗，告诉他我回到了巴黎的家中，还带上了安妮，我实在舍不得丢下这么讨喜的女孩。（另起一行）在这特殊的几个月里，她一直陪在我身边。（另起一行）我从来都没有想象过有一天我会在这种情况下向他宣布一个消息，一个难以置信但却值得我们注意的消息，那就是，我们有孩子啦。（另起一行）我怀孕了。

散布我怀孕的消息并让所有人都相信，是让那些怀疑我的人闭嘴的唯一办法。我必须保护自己，我不知道在那些疯狂爱抚的间隙，他们对彼此许下过怎样的诺言。我不希望有一天这两个人会站出来拆穿我的谎言。

所幸在保罗出发的前一晚，我没有把他推开。即使战争的爆发让我感到一种难以描述的放松，但一想到也许要等上好多个月、好多年，甚至更长时间才能再见到他，我还是非常失落。所以我把自己融化在他的怀抱里，也许，也是因为我想做他床上的最后一个女人。这个小小的胜利，和其他的胜利一样，能让备受轻视的人捡回点尊严。我对安妮说的并不全是谎话，在保罗走之前的那个晚上，我们确实做了爱，只是，并没有什么热恋中的男人，只有一个即将奔赴战场的男人。

当我问安妮要不要和我一起去巴黎的时候，她想都没想就答应了，甚至，连五个月不许出门半步这个苛刻的条件，她也接受了。在我做的每个决定里，都有一个同谋，那就是我的丈夫，我不知羞耻地把这个女孩对他的爱作为获胜的筹码。

在战争正式开始前夕，巴黎恢复了一点往日的热闹氛围，仿佛又找回了一点自信。那些把孩子送到乡下的人又把他们都接了回来，已经很少有人会躲进防空洞了，就连政府也降低了戒备状态的级别，防毒面具被丢弃到一边，偶尔还会绊倒人，一个裁缝甚至打算用它的造型设计一款香水瓶，花园里挖出的壕沟变成孩子捉迷藏的藏身之处。日子渐渐回到了从前的样子。

一场“滑稽的战争”，配上一次滑稽的怀孕，我心里这么想，也是这么跟她说的，我会装作跟她亲近的样子。舞会和赛马重新办起来了，剧院和电影院也恢复营业了，于是，我开始频繁外出。只有在外面，我才能做孕妇，在家里，我只是个冒牌货。最重要的是，装作怀孕比装作喜欢安妮要容易得多。

不过，我依然尽我所能表现出友好的样子，跟她亲热。我告诉她，达拉第制定出了一条民法，允诺给第一胎3 000法郎的奖金。我不想让她对我起疑心，我很清楚她生这个孩子绝不是打钱的主意，但这笔钱的确应该归她。我还告诉她这笔奖金可以买多少画布、画笔和炭棒。这一切都是想让她死了逃走的心。

我常常监视她。尽管表面上我们彼此信任，而且她自己也情愿被关，但我还是让索菲步步跟着她，必须时时刻刻清楚她在哪个房间。

我甚至还送了只小猫给她，在她孤单的时候，也许会忍不住把自己不幸的遭遇变成一句句灼热的软弱的话，说给小动物听，我也就能了解更多她和我丈夫之间的事。可是，她只会跟她的肚子说，把声音压在喉咙里，索菲一句也听不见。

如果，安妮想冒险逃跑，房子的大门永远都上着锁，她根本出不去。其实我根本就看准了她不会走，因为她舍不得丢下那个我最亲密的战友——保罗，她在等着他。

每次收到保罗的信，我都会故意跟安妮炫耀，然后用只言片语对她透露一点他的近况。一听到“保罗”这两个字，她的眼睛就闪闪发光，连呼吸的节奏都不一样了，仿佛用整个身体在听我说，一个字也不肯漏下。这种神态让我心里很不是滋味。有时候，我还会虐待她，故意隐去她想听的那部分。可过不了一会，看到她闷闷不乐、孤独忧郁的样子，我又会改变主意。我不想影响她腹中的胎儿，那是我的孩子，就用安慰的口吻补上一句：

“安妮，其实我忘了说，我丈夫也说要拥抱你。”

在每封信的结尾，保罗都会附上一句：“代我向安妮问好。”一成不变，寥寥数语，烙在我收到的每一封信里。距离和孩子的到来让他比以前待我更加温柔，他会提很多问题，每次我都先跟安妮打听清楚，再小心翼翼地答复他。他的信很长，即使身处一个没有战役的战场，他依然没有忘记自己记者的使命。

尽管我们又重新找回了默契，可是信里永恒不变的附言却像一把恼人的达摩克利斯之剑悬在了我的心头，提醒着我，他依然忘不了她。我甚至能想象到他在写最后这句话的时候比之前哪一句都更加字斟句酌——代我向安妮问好。

而我回信的时候，也会用只言片语概括一下安妮最近怎么样。

我经常会想，如果安妮没和我住在这里，他们之间会不会通信呢。不幸的是，我心中的答案非常肯定。

忽然有一天，我意外地收到一封电报，没有附言。

终于（空格）我3月（空格）22号（空格）回家探亲六天（空格）

六天的探亲假会让我的所有计划泡汤。

要在往常，保罗会跟我说“一个星期”，而在这非常时期，一天就是一天，在我们的思维体系里，已经不存在“大约”这样的概念了，危险让人变得精准。看到这句“22号到家”，我已经心慌了。在战争年代，日期变得和其他所有事物一样不可靠，时间的流逝不再自由，因为这战争尽管“滑稽”，但还是把自己的节奏强加给了时间。在这无常的节奏里，总会有预料不到的变数。那天是3月18号，从他给我发这封电报时起，形势也许已经发生了翻天覆地的变化，也许为了跟某个战友调换，还是为了完成什么任务，他的探亲假会提前。他很有可能今天就到家，这一分钟或者下一分钟，也可能，他自己随便编了个日期，然后某天突然跳出来给我个“天大的惊喜”。

我看着他下了火车，付了出租车的车费，想象他就站在我眼前，用微笑告诉我“是我呀”。这时一根针掉在地上都能把我吓一大跳，是他！我赶紧让索菲为我们准备行李，够几天用就好，再带点干粮。她问我们要去哪儿，我自己都不知道，只好冷冷地回了句，你收拾行李就行，别管那么多，我要你做什么你就去做。可怜的索菲，危险没有让我变得精准，反而更加暴躁。

我从来都没考虑过保罗会有探亲假。已经有好多“确实”发生的事情等着我去杜撰，我哪还有时间去应付这些“可能”的突发状况。情况错综复杂，我只能当他永远都不会有探亲假。

我们当夜就出发，去磨坊。我丈夫可能会找遍我们家所有的房产，但是他绝对不会想到我们在这里，这个毫无舒适可言的破地方。安妮没有一句抱怨，我骗她说这么急着出来是我丈夫的主意，他想让“宝宝透透气”。多幸运，我们还能在大自然中尽情享受春天的到来。安妮对我的安排还是默许，仿佛这一切本该是这样的。

“阿尔多呢？”

“阿尔多怎么啦？”

当我们折回去找阿尔多的时候，车已经开出好远。我一秒也不曾把这个小畜生放在心上。

保罗永远都不会来这里找我们，这是藏身之地，而他万万想不到我竟要躲着他。两个星期里，沉浸在小麦沁人心田的芬芳中，我反反复复地思考着。一想到保罗突然现身，把我抓个现行，我就会怕得发抖。在我们出发的前几天，芬兰已经向俄国人投降了。我已无从了解前线的新战况。局势会不会迅速恶化，我们会不会在毫无准备的情况下就被抓走呢？

过去的几个月里，毫无疑问，要数在磨坊的这段日子最难熬。我晚上不停地说梦话，愈发烦躁不安。因为和安妮睡在一起，我怕自己会不小心说漏了嘴，最后只好睡到了索菲铺在厨房的垫子上。

我从来没有对自己的计划产生这么大的怀疑。是太过寂寥，还是太过安静，又或者是无聊透顶？我几乎快要忘记他们在我身上留下的累累伤痕。就在我拼命回头想把仇恨找回来的时候，却发现自己已经释然。手边只剩下负罪感和自责，我会是个好母亲吗？我的孩子会爱我吗？我丈夫一定还在到处找我，却不是为了我，安妮如此耐心地等待，也不是为了我，就连这个孩子也不爱我。也许我根本就不讨人喜欢，就这么简单。

就在我以为自己什么都不想要的时候，他们却又一次把我的怒火点燃了。

我害怕回到巴黎的那天，保罗还没走，他的归期也很有可能会被推迟。可我别无选择，必须铤而走险回去看看。我不能派雅克去查实先生有没有归队，因为不想让他知道安妮怀孕的事情。对索菲，我不担心，可他不行。他总是在我们话还没说完的时候就忙不迭答着“是，夫人”“是，先生”。他不是热心过了头，而是不够谨慎。他太鲁莽，不大可能守得住秘密。他当然也有他的好处，点子很多，总能找到解决问题的办法。如果别人跟我说的属实，那这位老先生现在应该还活得好好的。今天，所有卷入这场悲剧的人都已经死光了，我庆幸当初将他隔离在这个秘密之外。

唯独那天，我有些后悔没告诉他真相，因为这让我非常被动，想知道保罗到底有没有走，我只有亲自去探个究竟。

他探亲假结束之后又过了几天，我连索菲也没告诉，就趁着夜色回巴黎了。到家的时候，已经将近午夜。没有一点光线透出来。是个好迹象，因为平常我丈夫绝对不可能在这个点上床。他或许只是出去了，但最可能的情况是他已经和其他战友一起躲进了防御工事。我试着给自己壮胆，但还是不敢把门大开着。

我一眼就看到了他写的信，就放在单脚小圆桌上，信纸上洒着一层薄薄的月光。

你到底去了哪里？你不是已经收到我的电报了吗？他希望我平安。见不到我让他非常难过。运气怎么会这么差，他多想用手摸一摸我的肚子，想看看孩子怎么踢我。未来让他十分担忧。不能再抱有幻想而只知按兵不动。真正的战役即将展开，随着装备的机械化，这次战争会远比 1914 至 1918 年的那场惨烈。他不理解为什么政府要把那么多毫无用武之地的士兵留在前线，却对工厂工人紧缺坐视不管。这一点只需看看他们那个团就明白了，竟然用削胡萝卜的刨刀来调试飞机发动机，真是个颠倒的世界。跟我啰嗦了这么多，他有点不好意思，他真的非常希望我能够在一个比较宽松的环境下度过怀孕的这几个月，他让我一定要保护好自己和胎儿。没有见到我，让他非常懊恼，他到处找我。他想吻我，想把我紧紧搂在怀里，我的肚子是不是圆得他双手都抱不过来了？

要不是他在 cherchées[1] 后面加上了 es，要不是我又发现了另一封信，也许我会觉得这封信写得情真意切。

在磨坊的日子里，我没有多少气力来伪装自己。为了不让安妮有所警觉，不让她被我的坏脾气触怒，我想了个办法：填字游戏。做题可以让我光明正大地制订下一步计划而无需装作无忧无虑的样子。当安妮以为我正在专心思考如何填满那些空格时，我却时时刻刻都在拟定应付各种变故的策略。而那一刻，我合上保罗的信直奔楼梯，甚至都没来得及脱下大衣的那一刻，我已经想象了好多遍，我知道他会在某个一眼就能看见的地方留几句话给我，只是我不知道他会不会向我提到安妮。

他没有一句话说到她，甚至连那句附言也没加。

见不到我，他是不是绝望地连安妮都忘了？他是不是意识到自己错了？他回心转意了？又或者，恰恰相反，他们早就背着我通了气？他写了封信给她。

1　动词 chercher（找）的过去分词是 cherché，加上 es，表示“找”的直接宾语是阴性复数，这里暗示了保罗要找的是两位女性。——译注如果真是这样，他一定会花很长时间考虑藏信的地点。最开始，也许他想把信塞在地板的木条下面，可就在他把木条重新合上的时候，又觉得不妥。如果安妮找不到呢？那他的信就白写了，放在这里还真不大好找。不行，这太冒险了。最好把信放在安妮肯定能找到的地方，一个每天都可能经过的地方。于是，他想把信粘在调色板的底部，可又犹豫了。如果她已经不画画了呢？或者她不是每天都画了？他对她的新爱好一无所知。不行，还是太冒险了。可是，有什么私密的藏信处是能让他放心的呢？

我把所有的被单都掀开来看了看，信就藏在里面，一点悬念都没有。非要她读到信不可的迫切心情，让保罗变得轻率鲁莽。

信藏在这里，谁都能发现，一点都不费力。保罗冒了多大的险。可是对他而言，风险只是别的谁找到了信而安妮没有。

他日日夜夜都在思念着她。看不到她，不能和她说话，不能给她写信对他而言是天大的折磨。这个探亲假他等了好久，可一无所获。不过至少他能给她留下只言片语。他希望她和我一起读他的信，他希望她知道，这些信其实也是为她而写的，他在为她讲述自己每天的生活，这样一来，她至少可以想象他在那里的生活，如果她愿意，甚至可以想象自己一直和他在一起。他很担心她。她过得幸福吗？他为她的父亲感到难过，他是在去村子里找我们的时候得到的消息。但是都会好的，几个星期的事，他们不可能为了这点小事就让他把牢底坐穿的。她现在还经常画画吗？画的都是她喜欢的景物吗？这六天里，他会久久地坐在她的房间里看画。她的用色比从前更漂亮、更精准或者说更激烈，他找不到什么词来形容。他把房间里大大小小的物件都摸了一遍，也坐了她的椅子，睡了她的床，只是想离她更近一些。为了找到我们，他甚至还把附近的小商贩问了个遍，想着他们中也许会有人知道我们的下落，当他发现所有人都认识她，所有人都觉得她很漂亮的时候，他心中甚至涌起了一阵自豪。

他日日夜夜都想要她，他经常会做走之前和她轻声约定的那件事。她呢？她做了吗？她敢那么做吗？他爱她，他爱她。无论发生什么事，她都不能怀疑他的爱。他刚才在广播里听到雷诺的任职仪式："胜利，就是拯救一切；屈服，就是失去一切。"但他屈服于她，却并未失去任何东西。他用整个身体来亲吻她。

我手里握着两只信封，一只信封上写着"伊莉莎白"，而另一只则写着"我的爱"。还有什么比这更清楚的吗？

我本可以放过她腹中的孩子，但我绝对不能饶恕两个成人的私通。我差一点就前功尽弃，现在再也不会了。我终于知道自己该放弃的是什么，该与谁斗争。让他们俩都见鬼去吧。

这个孩子是我的了。他就是我的全部。每个被背叛的女人都会是一位强大的母亲。

1940 年 4 月 9 日，我告诉安妮希特勒已经打到了丹麦和挪威，安妮觉得有点不舒服。

“只是宫缩。”

她想让我放心，“突然，肚子猛地往上收缩，硬得跟石头一样”。但那时，还不算严重。

也许吧……可是看着安妮扑倒在地，双手抱着肚子，费力地喘着粗气，我依然以为那只是一次假分娩，心里一点底都没有，大气都不敢出，怕刺激她，让她心慌。我知道她心里算计着如果战争真的爆发了，那么保罗就可能有生命危险，连他都没了的话（也可能是为了爱的痛苦，这痛苦我不在乎），就再没有人能阻止我从她手上抢走孩子了，她心里清楚得很。她输不起，即使表面上她装作无所谓。

怀胎十月历尽艰辛，而孩子刚生下来就要拱手送人，这会让她心如刀绞，尤其这个孩子还是她和心上人的结晶……这个微小的区别正是关键所在，这一点我一直都看得很透彻。我没有生孩子的生理条件，但母性我可一点都不缺。女人最好这两样要没有就都没有，能省掉多少烦扰悲哀。

我就像安娜塔西亚的剪刀[1]，把已经被审查过的内容再次切割，只敢跟她说起寄给士兵的乐器、游戏牌、书、上万只气球和用于购买球衣的三百万法郎的拨款，因为在前线遍地都是足球爱好者……如果安妮当真听进去了，那么战争不过是一次慈善大表演，没有其他的了。

我做梦都想让她痛不欲生，可我又必须得为我的孩子着想，得让她快乐。我总是听人家说，怀孕期间越是感到幸福，生下来的孩子也就会越幸福，所以我想让她过几天清净日子。我对她许下了一堆自己都不相信的诺言，最后，我也忘了这些诺言到底是什么。孩子生下来之后，一切按照原样，她留在我们家，天天都可以看到宝宝，照顾他，晚些时候，等他到了懂事的年纪，我们再看要不要跟他解释这一切。

我跟她说这番话的时候非常平静，而那天正是5月10日，德国鬼子开始向法国进攻。这是一个让悲剧结出恶果的谎言，一剂他人逼我们吞下的致命毒药。我去她的房间里摆放花束，然后假装笨手笨脚地打翻了花瓶，水全泼在了收音机上。千万不要一惊一乍地播送这几个星期以来的战事，即使这些新闻早已被阉割，可还是会把她吓一大跳的。我要她把孩子生下来，我满脑子只有这一件事。

1　安娜塔西亚的剪刀，Ciseaux d'Anastasie，意指对报纸的审查制度。——译注我眼前所看到的，全是一批接一批慌张逃窜的难民，跑得最快的，是那些衣着考究的美国人，穿着制服的司机正弯下腰看地图。紧随其后的，是些丑陋的汽车，满载着逃难的一家老小。再往后，是自行车和行人，戴着帽子的女人，穿着做礼拜才会穿的衣服，透明的，有好几层，她们把能穿的衣服都死命地往身上套，能带走一件是一件。

即便恐慌已经四处蔓延，我依然不曾有一秒想过要逃：因为安妮随时都有可能分娩。

15日晚上，几个小时后，安妮的情况开始恶化，索菲让我去请个医生来。安妮哀号着，身体在剧痛中扭作一团，呼吸开始变得短促、嘶哑，根本平躺不下来，只能伏在地上，活像头野兽。可我不能去，手里握着方向盘的时候，我不停地对自己说，绝对不能让医生过来，决不能让任何人知道孩子是她的。

在这个月圆之夜，每一条街道都浸在惨白的月光里。我开着车，信号灯、路灯，没有一盏灯是亮的。可是，我必须出来，要让她以为我会带个医生回去，这一点幻想可以帮她挺过来，如果我原地不动，待在那儿无动于衷，一脸怨毒，对她的痛苦视若无睹，她就会看穿我根本不在乎她受苦。的确，看着她生不如死，我心里没有一丝一毫的恐惧，也没有一丝一毫的同情，因为当你面对自己的敌人时，“同情”这两个字是不存在的。

我不知道这一段路程我反反复复碾了多少遍，快有一百遍了吧，就像马戏团的疯子在表演。从家出发再返回，途中经过帕斯金医生的诊所。就要到他家的时候，我会减慢车速，然后拿对我父母的记忆来赌咒，赌他到底是出诊还是在家。我呼唤他的名字，无人应答。我回头，可到了家门口又会停下来，我怕，并且越来越怕听到索菲将要告诉我的结果，顺产还是难产而死？我又再次调转车头开往帕斯金医生家的方向，这一次，肯定能在家门口碰到他，不会错的，可是我脑子里一片混乱……索菲把小婴儿抱到我怀里来，安妮难产而死。我让这个句子一遍遍在我脑子里重放，就像一支华尔兹舞曲，“难产而死”、“难产而死”，就这么机械地循环到死。

我疯了似的仰头大笑，泪水却像跳着华尔兹一般，顺着脸颊直往下滑。我怎么会不知道，带走她的死神身边，必然也会站着那个带走我孩子的死神。他们会用同一把长柄镰刀害死我的孩子吗？还是每个死神手中都握着一把？帕斯金不会一直等在他家门口的。我看到人们在手忙脚乱地往汽车上装货，往卡车里塞一沓一沓的文件、纸箱和乱七八糟的废纸，不想这些被德国鬼子搜走。行政机构全员逃跑，一声不响，一个人影都找不到。我突然被月亮吓了一跳，隐隐约约从中透出张人脸来。这张脸好像在学我，我做什么表情，它就学什么表情。我笑它永远都不会懂我怎么能亲手导出这么一出戏来，因为它从来都没想过要孩子。在这个时候，我想起它也常常被比作女人，“月亮”这个词不就是阴性的吗？是不是每一轮满月都会生下一颗小星星，月亮会不会就是漫天繁星的母亲？待月亮消隐之后，我猛踩油门，而帕斯金还是没有出现在他家门口。奥赛宫的花园里升起了高高的火焰，正是这暴虐、狂舞的火焰让我从怔忪中清醒过来。我不也曾像一根火柴，来回擦着同一个地方，最后燃起了一把火吗？卡车已经装不下了，只能放火把有可能泄露机密的文件烧干净。黑烟滚滚直蹿高空，到处都飘着纸烧完后的余烬。我想起自己其实并不喜欢卑微的火柴。该回家了。

索菲把婴儿抱到我怀里来，安妮已经睡着了，我想借用那句产妇的经典名言来表达我的心情：“我一辈子都忘不了这一刻。”我望着卡米耶睁开的眼睛，像玻璃球一样晶莹透亮。我不想把这简单地描述成一个眼神，因为从今往后，这就是我的命了。我把卡米耶抱在胸前，就这么一直坐着。曾经让我担心不已的事情没有成真，真是谢天谢地，她长得并不像安妮。

接下来的日子，麻木却快乐。荷兰和比利时的投降当然会让我担忧，德国的大举进攻当然会让我焦虑，可我任由自己蜷缩在小女儿的气味里，这气味保护着我，不让周遭的变故伤害到我。她的出生是个奇迹，照亮了周围的一切，甚至让我相信战争最后也会奇迹般地结束。马雷夏尔的归来不已经是个奇迹了吗？

而另外一个奇迹，就是我不再用以往的态度对待安妮。德国人的进攻扩大了我的敌人圈。安妮依然在里面，只是没有那么刺眼了。德国人抢走了一部分我对她的恨。这是一道很简单的算术题，一个人的敌人越多，或者说假想敌越多，那么分配到每个敌人身上的仇恨就越少。尽管别人有他们的说法，但其实恨和爱一样，都是烧不尽的。

当我看到安妮看卡米耶的眼神时，我看到的是一位母亲对孩子的所有权。我怎么会想到要从她手上抢走孩子？她怎么能够把孩子拱手让给我？我们对孩子的支配权相互对立，从此，我们变成了陌生人。她对绘画的野心，我无法生孩子的绝望，都因卡米耶的到来而被冲淡。我们停下了各自的生活，一心只想照顾她，她出生之后，我们需要做的决定只剩下喂她、替她换衣服、哄她睡觉。这段时间真不可思议。安妮给卡米耶喂奶，我喂不了。我给她换衣服，把她抱在怀里摇晃，安妮也做不了。这一切在我看来是那么自然。

如果这些天里，安妮对我坦白一切，请求我的原谅，我很可能会放她和卡米耶走，无论我已经付出了多少代价。也许今天嘴上说说显得挺容易，但我可以发誓，即使时间过了这么久，我依然相信我会那样做。每次思想斗争，总会有几秒钟是反对派占上风，如果恰好在这一刻，对立双方决定开诚布公地谈谈而不是针锋相对，一个意料之外的和解就有可能达成。

安妮问我有没有把小绒线鞋寄给保罗。

我织了两双小绒线鞋—— 一双蓝的，一双粉的。我们俩最后达成一致，“我会寄给他女儿的颜色” 。安妮喜欢这么说，肯定是因为这种颜色更像是属于她而不是她孩子的。

我点头表示同意，但不敢告诉她现在已经严令禁止给前线的士兵寄包裹了。局势一天天恶化，而我依然为安妮捏造出一个和平完满的世界。这已经快成了习惯，更重要的是，我怕安妮的奶水干涸，卡米耶出生时太受罪，应该多补点母乳。

保罗看到这个颜色肯定会很高兴，他特别想要个女儿，因为“女儿永远不会发动战争” ，他常在信里这么说。我却想要个男孩，这样他就更不可能和安妮相像了，我脑子里想的都是这些。更重要的是，男孩永远都不会在某一天突然意识到他生不了孩子。我们总是不希望自己的悲剧在孩子身上重演。

6 月 3 日，德国人在离我们家仅几条街的地方扔了炸弹。我本应告诉安妮战争已经爆发。

"'这是一次自杀性袭击'，反映了'德国人的绝望心态'。鉴于此次袭击影响甚微，政府决定留在巴黎，暂不撤离。"

报纸上嘴硬到底的专栏比我最精心编造的谎言都有效。我不再对安妮细述时事，她也不会问我，只一心扑在卡米耶身上。

我下定决心不离开巴黎，不管发生什么，都不会动摇。即使那时候，雷诺、政府和所有部门都已狼狈撤离，首都已经接近沦陷，成千上万惊恐的巴黎人都涌上街头。

那是6月10日，据说德国人已经逼到15公里范围内了，而意大利人也宣布加入他们的阵营。我几乎所有的朋友、熟人都已经离开，有些劝我跟他们一起走，恳求我不要一个人和婴儿留在这里。而我害怕的却跟他们恰恰相反，在这个人人自危的时刻，带着一个婴儿逃跑会要了我们的命。

我只要求卡米耶走一段路，就是每天跟我散步。我只喜欢我们俩在马路上、公园里、树下、鸽子的尖嘴下度过的好时光。那些没有逃跑的小商贩侧过身来往童车里瞧，从中汲取一点希望：如果一直有孩子出生，我们就不可能吃败仗。他们也会时不时跟我报道一些当日新闻，"美国对德宣战"，"法国出动储备部队奋起反击"，

“希特勒病入膏肓，让位给戈林”，说完，他们会把头从童车里抬起来，亲切地评论一句：“您的孩子长得可真像您！”好多荒唐话都有安慰人的疗效，因此，我们更愿意把它们当成真话听。

满大街都是人，让我想到四处逃窜的动物，他们去意已决却又全无方向。我无法克制心中的蔑视，觉得他们都是孬种。

然后有一天，我也看到了他。

我一下子就认出他来，尽管他的头发胡子都已经很长，我还是认出了他那傲慢的神情。他的脸和我见到他的那天一样内敛，头还是高高昂着。“下流胚！”“流氓！”“无赖！”行人的谩骂引起了我的注意，他们以骂人取乐，骂的是马路对面皮耶蒙咖啡馆前那些挤作一团的犯人。三个看守看起来喝多了，有个犯人上前讨水喝，被他们粗暴地打发走了。

“您要是渴了，就撒泡尿喝吧！”

“走，快走，一群烂肉！”

他们也要逃难，要被运到另一个监狱去。等队伍走近，我叫住了队尾的那个看守，问他需不需要钱。他的眼睛一下子亮了，但看着我不做声，等我说下去。我身上有200法郎，如果他把他放了的话，这些钱就都归他了。

他一把将钱抢了去，算了笔账，他今天不放人，德国人迟早也会放的，不赚白不赚……于是他清了清嗓子，朝地上吐了口痰。

“为什么是他？”

“因为他上了年纪。”

“不是还有那么多老不死的在这儿吗？”

“因为他长得像我女儿的外公。”

我指了指婴儿车，摇晃它的那只手并没有停下来，就好像它会永远这么摇下去，没什么能让它停下来。他耸了耸肩，答道：“明白了。”他把钱揣进口袋里走了。我没有刻意等到他放人的时候才走，我觉得只是做了一件自认为对的事情。至于后事如何，我管不了那么多了。那天是6月6日，我觉得自己是在用钱赎罪。

我很想告诉安妮她父亲被放出来了，可是她父亲被捕的那天，我都没勇气跟她说。她要是知道了，肯定会回去找她母亲，我留不住她，我的宝贝也会跟着她跑了。不过，我让雅克去照看那个老太太，以防缺衣少粮。雅克告诉我每天都有个小伙子去她家看她。听到这话，我的负罪感才减轻了一些，她并不是孤零零的一个人。

我承认，我对不住他们。可是，从这个老太太的角度看，她也许并不很爱自己的女儿，要不然怎么会这么长时间都没写过一封信。并且，发生了这么大的事，她都不愿意牺牲女儿和一个有钱人的关系，可见，她有自己的小算盘。为了钱，这些穷酸的父母什么下贱的事都干得出来。

我很清楚，安妮不仅仅对男人有吸引力，我先前不也被她迷倒过吗？而且我也知道，索菲也很喜欢她。只是索菲一直对我忠心耿耿，我想不通她怎么会在这见不得人的勾当里帮我做那么多事，因为我所做的全是她深恶痛绝的：谎言、背叛和偷窃。

我劝她赶紧离开，因为形势对她很不利。我告诉她加入难民潮的犹太人越来越多了。他们逃走并不会让我瞧不起，因为报纸上已经让他们做好最坏的打算。那些口口声声说不知道集中营是什么的人都在睁着眼睛说瞎话。但索菲不听我的。她不想在先生没回来之前丢下我不管，她答应过他要好好照顾我，她就这一根筋。并且，她现在是法国人了，如果法国人需要她给德国人制造麻烦，她义不容辞。她只不过是我口中那个微不足道的“玛丽”，全巴黎的女仆都叫这个名字。仔细看她的脸，是不是还长了个布列塔尼人的小翘鼻子？可德国人眼中只有战争。我后悔听她的话，把她留了下来。我当时应该叫她立刻就走。最终，她能看到的，也只剩下战争了。

一天，两个德国便衣警察早早就到了。他们惨无人道的老剧目在我眼皮底下上演。他们说不是逮捕，只是请她去“做个证”，完了就回来，但还是让她带了一包行李。她收拾的时候，他们一直监视着。就连她去厕所，都有警察用脚抵着门，不让门关严。我不知道他们怎么会找到这里的。就算她长了个布列塔尼人的小翘鼻子，但这几个月，我都严禁她出门。我自己上街买东西，她在家带卡米耶。有人按门铃，她也不会开门。肯定是有人告密，说她是犹太人，这个人估计我们都认识。

临行之前，她把卡米耶抱在怀里，温柔地在她耳畔吐了几个字，眼睛里闪烁着泪光和怒火，可是她忍住了。她抱她抱得那么紧，以致一个警察起了疑心，气冲冲地拽住我问：

“夫人，这孩子确实是您的吗？”

我最怕听到这句话，绝少有人问起，猝不及防之下，我竟然神经质地咯咯笑了出来。索菲不解地转过身。

“笑死人了，玛丽，这位先生竟然要我确认卡米耶不是我亲生的。”

索菲脸上漾起了一抹善意的微笑，这是她定格在我脑海中的最后一个画面。

是她让我知道巴黎已经沦陷，到处都张贴着大字报，没有人知道上面写了些什么，但所有人心里都清楚这决不是什么好兆头。我们预感到不好的事情即将发生，那天是 1940 年 6 月 12 日。谣言四起，说德国鬼子打进来了。

第二天晚上，突如其来的断电让周围漆黑一片，我还躺在浴缸里。我摸到安妮的房间想看看是不是一切都好。她在打盹，卡米耶在摇篮里咿咿呀呀地说着话。我把柜子的抽屉都拉开来，想找几根蜡烛，又要到喂奶时间了，安妮要照个亮。一阵翻箱倒柜之后，我以为找到了，在手帕下面。可是，它摸起来比蜡烛要凉，是金属质地的，还没有儿童玩具大。我记得自己当时疲惫地叹了一声，几乎是颤抖着将它从层层包裹下抽了出来。

于是，他们的故事有了更温情的版本。到底有完没完?

“这把枪留给你，作为信物。我向你保证我一定会回到你身边。”

“我把最心爱的物件交给最心爱的女人。”

一整夜，我都在想象保罗上战场之前，留给安妮这把“小德林格”时发下的誓言。但也许他交给她的时候，什么话也没说，那时他们还没有开始疯狂地做爱。一定是这样的。

我忽然惊醒，手枪就放在我枕头底下，枪口对准了我。我感到非常虚弱，比睡着之前还要累。我梳了梳头，安妮猛地闯进了浴室。“他们来了！”我们看见他们了，我立即差她到地窖里去准备必需品，铺好我们预先搬下去的床铺。而我，又捡起梳子梳起来。每梳一下，睡衣口袋里的那支“小德林格”就咯噔敲一下我的胯部。倏忽间，听见一阵响动，我惊恐地回过身，是阿尔多，它跳上了浴缸边缘。那一刻我仿佛灵魂出了窍，连自己都无法解释，两眼直直地瞪着它，轻轻地把梳子放下，摸到口袋里的手枪，瞄准，扣动扳机。

“给我滚出去！”

子弹射出的那一刻，我的整只手臂仿佛也跟着出去了。当时它有没有叫出声，我已经不记得了。阿尔多的身子抖了两下就一头栽进了浴缸里，短短几秒钟内，浴缸里的水就被染成了血红色，我嘴里泛起了一股涩涩的味道，站在那儿一动也不动，眼睁睁地看着它扑腾，面无表情。浴缸里的血水让我忽然想起了对安妮倾诉的那天。阿尔多像个小人一般一头栽进了水里，闷声不响。如果那天，我能忍住什么都不说，也许今天的一切就都不会上演了。当它停止挣扎，再不见任何动静的时候，我已经认不出那具湿漉漉毛茸茸的小尸体了。枪声依然萦绕在耳畔，阿尔多的身体还在漂着。我想不通，保罗绝对没有给任何一支收藏的枪上过子弹，小德林格没有，其他的枪也没有。弹药一直都存放在他办公室的抽屉里，跟其他东西混在一起，用索菲的话说：“在那里，母猫连自己的小猫都找不到。”

在把枪交给她之前，保罗也不可能上子弹，他不是这种人，对他来说，这些枪只是一种纪念。他爱惜它们，是因为这是他父亲传给他的，而他已经不把它们当成武器看待了。

可是，如果不是他，还会有谁？

答案一瞬间就出现了。安妮将所有的子弹耐心地、果断地试了一遍，直到找出正好能塞进枪管的那颗。接着，她把火药倒了进去。一切准备就绪。

我一心只想着报仇，忽略了很多细节，我从来没有考虑过她对我的仇恨。她肯定也想过杀了我，没有人会无聊得将子弹上膛。是什么让她没有下手？我是不是捡回了一条命？她是不是和我一样，也没有勇气杀人？

我仿佛卸下了所有的重负。一切都快结束了。我们之间诡异的依存关系就要到头。卡米耶已经满月，此时她尚不能分辨一个怀抱和另一个怀抱之间的区别，可是用不了多久，她就会对其中一个甜甜地叫“妈妈”，我希望，那个人是我。

十月怀胎着实诡异，它能把一个女人从世界中抽离出来一段时间，又会在某一天再把她还给世界。在度过悲喜交织的几个星期之后，我们又会回归到从前的那个我，并且更浓缩、更深刻，也更不堪。因为从此以后，你要为之奔命的，不仅仅是你自己，还有你怀里的孩子。

我走进了安妮的房间，从她手中接过卡米耶，抱进了我的房间。卡米耶哭闹了起来，不要紧，我的心已经不会再痛了，即使是卡米耶也不能再让我心痛。曾经压在胸口的块垒早已荡然无存，那一刻我几近魂飞魄散，连呼吸都变得困难。我不知道到底发生了什么，我怎么也不会料到那支德林格手枪里会有子弹。

这是她的第一个奶嘴，刚开始死活不肯叼在嘴里，执拗了一会儿，最后还是咬上了。我听见安妮在用力捶门，四处乱窜，大声呼救，我把卡米耶放在地上，把门锁好，下楼。安妮叱问我把孩子怎么了。而我，用她跟我说话的语气，冷冰冰地反问她："我听不懂你在说什么，你哪来的孩子？"

突然之间，我所有的恨都凝聚到了一起，一股脑儿把最恶毒的话一倾而尽。

"保罗什么都跟我说了，你们俩的事，你们的私通，这些他通通都跟我坦白了。"

我用最下流、最难以启齿的字眼一字一顿地为这个婊子重现了当时的那一幕。她听我说着，不住地摇头，就好像有无数个"不"字在她的头脑中齐声嘶叫哀号。这羞耻来得如此猛烈，她惶惶然之间只能把耳朵塞严，我原以为她会尖叫一声瘫倒在地。可是，她连眼眶都没有湿一下，因为流泪会让人分心，她要凝神屏气地听着一个一个字从我嘴里蹦出来，而这分秒不辍的倾听，只会叫她绝望得想死。

"那天下午，他嘱咐你在等他的时候该做些什么，让你四仰八叉地平躺在床上，由他来褪你的裙子，他轻轻捏住你的手指，你左手的指头，一个个吻了过去。接着，他迫不及待地把它们按在了他的命根子上，准得很，真是毫厘不差。然后，他把你的另一只手搭在了你的奶子上，他坐在你身边，光着身子，可他的命根子已经竖了起来，他叫你看，却不肯插进你下面去，只是嘀嘀咕咕叫你做这做那。而你呢，只知道对他言听计从，真是又骚又贱。你摩挲着你的手指按着的那个部位，一上一下动了起来，刚开始慢吞吞的，到后来越来越快，越来越粗野，还目不转睛地盯着他那里瞧。直到，你的身子蓦地舒展开来，你淫贱地喘着粗气松了手，身子像条狗似的抖着。要是他不在，你敢这么下贱吗？可是，保罗却把你搂在怀里轻轻摇晃，宝贝得跟小女孩儿似的。”

我没略去任何一个细节，生怕她会怀疑这不是从保罗嘴里亲口说出来的。她绝对猜不到真相其实是我埋伏在几米之内偷看他们，直直地站着，恨到骨子里。我想朝他们的甜蜜泼一盆脏水，想抹杀她和我丈夫在一起时享受的快乐，哪怕这快乐只存于记忆中。每当她回忆起保罗的拥抱时，都会有另一个画面揪住她不放，保罗正在对我坦白，说那段感情只是儿戏，他已经跟她分开几个月了，他请求我原谅他。

这次交锋我预谋已久，我精心组织每一个句子，挑选那些最恶毒的字眼，就是要让安妮滚，让她死心。不能让她诉说她的不幸，不能让她那因为分娩还未消肿的身子变成证据。因为用不了一秒钟，医生就能判断到底谁生了孩子，谁是空壳。我要侮辱她，抽干她走到这一步的力量，我要取消她所有的权利，不许她伸冤。

我撒了谎。听到这些话，安妮直起身子，满脸疑问，她想我收回刚才所说的一切，给她一个不那么阴森的故事。

“是的，我对你撒了谎。我丈夫从来没有在信里说拥抱你，我这么说无非是想让你高兴，这对我的孩子有好处。我还忘了一件事，那就是知道我怀孕之后，保罗高兴得不得了，他不停地说，我们终于有个像样的家庭了，经历的那些磨难都是值得的……告诉你，当一个男人在一次生死存亡的悲剧中失去家庭的时候，他只会一心想着组建一个新家，即便是那些最喜欢独处的人也需要家庭作为支撑。你给我记住了，等你下次再勾引男人前想想清楚，只有当一个男人确定自己一回头就能看见家人时，情妇才会对他们有吸引力，没有家庭的人肯定先想有个家，这是人之常情……也许性欲可以控制一个男人，但家庭能控制一切。”

门在她身后重重地关上。终于结束了。

杀手有两种，一种是天性使然，一种是环境所迫。我们俩都是后者。我曾经一千次想要把她给杀了，到最后，也只是把她赶出家门。即使仇深似海，如果没有杀手的天性，就永远也下不了手。

从她“砰”地把门关上的那一刻开始，我就后悔了，我应该更谨慎一点，把她留在身边，而不是满脑子想让她滚远点。

后面的几个星期，恐惧疯狂滋生，我整天胡思乱想。她不在，比她在更可怕。她现在要做什么？她是否真的相信我的谎话？她是不是还在等着保罗，等着卡米耶呢？她是不是真的已经放弃她了？我心里一点底都没有。

我让雅克留在“旋梯”，对外人说是为了守家，其实是留神安妮是不是回了尼斯蒙。可是，仅仅知道她在哪里并不能让我安心，当雅克告诉我她母亲去世的消息时，我竟然很反常地感到高兴，因为我猜想安妮会从此留在那儿照顾她父亲。可是索菲曾劝我说，这世上，有些事做得，有些事做不得，如果以后有人对我女儿做出同样的事，我该怎么办？

几个月过去了，12 月的一天，就在我内心稍微平静一点的时候，忽然有人按了我家的门铃。我认出了这个小伙子，我们不在的时候，是他每天去看安妮的母亲，和雅克描述的分毫不差。安妮前一天晚上离开了尼斯蒙，他猜她会在这里。我一开始以为是个圈套，他想用暴力抢走卡米耶。可是，当我告诉他安妮不在的时候，他眼神中的慌乱让我消除了疑虑。这不是个陷阱，他真的是来找她的。我根本没有事先准备，是他脸上木讷的爱意给了我灵感，让我编了一个他根本不敢听也不想听的故事。我告诉他安妮爱上了一个大兵，我甚至还说她已经结婚了。愿他原谅我。

道别的时候，他已近崩溃，而我却松了口气。安妮没有告诉他她和我丈夫之间的事。当他用正常人和婴儿说话的口吻说“再见，露易丝！”的时候，我知道危险已经过去了。

只有安妮知道这个名字，他露了破绽。他知道真相，至少是关于卡米耶的真相。

当安妮建议我给孩子取名“露易丝”的时候，我假装答应了，那段时间里，我假装什么都答应她。可我心里却想让孩子继承我母亲的名字“卡米耶”。她必须要保留我身上的一些东西。在出生登记处，对这个问题，我不曾犹豫过一秒：

“卡米耶•玛格丽特•维纳。”

后面一个问题也是。

“出生日期？”

“6月28日，刚出生5天。”

卡米耶已经一个多月了，可我却说她“刚生下来5天”，和队列里其他新妈妈的答案差不多。以前，在这个窗口前，总是男人们报“昨天”，自从仗打了起来，都是女人的声音，“5天”，“一个礼拜”，根据她们分娩后身体的恢复情况而定。

在这个年龄段，相差一个月根本看不出来，我是不会被发现的。安妮手上也不会握有任何跟卡米耶有关的官方证明。她从此就是我孩子的陌生人了，并且，一辈子都是。保罗也相信了女儿的假生日。只有我一个人会在她真实的生日那天祝她生日快乐，一年年过去了，负罪感随着孩子年纪的不断增长而渐渐淡去，我庆祝那场由我的谎言造成的悲剧。

“再见了，露易丝。”

望着小伙子远去的背影，我感到一种奇怪的善意。在这个故事里，他和我扮演着相似的角色，遭人背叛，被人轻视，是招之即来挥之即去的可怜虫。

但是，只要他知道卡米耶是安妮的孩子，对我就是个威胁。我要确定他的行踪，画定危险范围。同时，在我看来，他也是帮我跟踪安妮的最佳工具。如果安妮会为一个人重新出现，那肯定是他，我很确定。他们关系不一般。他们之间的爱是这样的，即便这个男人做不了孩子的父亲，女人也会用他的名字给自己的孩子命名。我不停地沿着这条线索找了下去，目的是不想受到他的威胁。

安妮已经离开尼斯蒙，她随时都可能再出现。保罗和她会不会手牵着手回来把卡米耶抢回去？不是有很多疯女人远赴德国想寻回自己的情人吗？

我们看木偶戏迟到了，于是我把卡米耶一个人放在前面的长椅上，自己去买票。卖票处就几步远，回来的时候，我发现了安妮的身影，就躲在树后。她的举手投足全随卡米耶而变，她一笑，她也会笑。孩子的笑是从胸腔里发出来的，像一声尖叫，而大人，从喉咙里笑，像一声叹息，当一个大人像孩子那样笑的时候，路人会给他个白眼让他安静一点。安妮的轮廓就像一面可憎的镜子。她们俩连笑的方式都一样，幸亏没人会以笑容判断血缘关系。我坐回卡米耶身边，尽可能地不动声色，假装觉得这个可怜木偶的不幸遭遇很可笑。我用手捏住卡米耶，昭示对她的占有权，那个时候她的手臂依然很细小，不知道她有没有被捏疼。

演出快结束的时候，我把卡米耶放回到童车里，数到十，再抬起头的时候，我知道安妮已经走远，她心爱的人已经不在她的视线之内，所以她不会久留。

我已经猜到这不是她第一次躲在暗处偷看露易丝，她的姿态透露出习惯的淡定和沉着。

跟着她。要以牙还牙，跟踪这个间谍。看她去哪儿。如果运气好，还可以知道她住在哪里，在什么地方工作，确定她的方位，这就好像生了场大病，用了好长时间才查出病因，终于得以根除痼疾，让我轻松不少。

可是我越走就越觉得不对劲，安妮走的这条路竟然直通我家。真没想到，我得琢磨一下怎么保护自己，我不想在卡米耶面前跟她起冲突。可是，就在那个往我们家去的十字路口，她突然不见了。刚开始我以为是她发现了我，溜走了。后来，我的目光被吸引住了，在排成一条线的建筑中间，有个大大的污点，一只巨大的灯笼从金星饭店里伸了出来，摇摇晃晃，十分惹眼。

在我面前几米远的地方，同一条人行道上，表面上看是家画廊，其实是家妓院。

我从那里经过，但没进去。如果冲突在这一刻爆发，我也不会觉得意外。我这才明白，安妮做了妓女。过往的行人都斜着眼睛往里看，指指点点，嘴还直撇。看什么看，又不是我，是她！她才会干这种勾当，不是我，生活就是这样，我什么都没做，是她在出卖身体，她自己选的。也许她骨子里就是个婊子，不，不是骨子里，卡米耶，我的上帝啊……是身体里。

可是这剧烈的心跳以及负罪感没能持续一个小时，就好像忽然之间我开始鞭笞自己一样，一转眼，我又幸灾乐祸起来，心里的痛苦一扫而光。这一切终于结束了，真的结束了！她自己先投降了，她再也不可能从我手上抢走卡米耶。当她出卖了女人的尊严时，她也同时丢掉了母亲的尊严。如果有一天她来要女儿，我知道该怎么对付她，我就说，没有人能做了婊子又做娘。

保罗也许会跟一个工人的女儿私奔，但绝对不会看上一只破鞋，还是德国鬼子的破鞋，Nur für Offiziere[1]，金星饭店已经被鬼子占了。

她怎么能这么不要脸，去那种地方？因为可以在我们家附近转悠？因为橱窗里的画吸引了她？她知不知道她两脚踏进的是什么地方？是不是一个没穿衣服的营业员拉开了窗帘，她看到那个女人，心想，为什么不能像她一样呢？认命吧，这样的话，可以留在卡米耶、留在露易丝身边，不用离得太远，也有个藏身之处。冬天太冷了，还能填饱肚子，也不用穿衣服，可以就着客人的炭炉子烤烤火。

我不再害怕安妮了，我可怜她。

每一天出门，我都要先扫视一遍远处，每一天，我都会在某个地方看见她。树后或是远处的长椅上，她的目光永远锁定在卡米耶身上。我犹豫着要不要回香榭丽舍的花园，可又有什么用呢？无论我带卡米耶去哪个花园玩，她都会找过来，我去哪儿，她就跟到哪儿，跑出巴黎也没用。她绝不会让卡米耶走出她的视线。没有一座城市一个村庄可以像巴黎这样把我保护得这么好，在首都总能有一些别处找不到的东西。好，那就原地不动。让安妮安心地做她的

1 德语，意为只有军官。——译注

妓女，千万不能刺激她，让她从了良，她的阴魂不散，我也会渐渐习惯的。日日夜夜在头顶盘旋呼啸的德国飞机提醒我，天空已经不再属于我们，安妮的纠缠不休则告诉我，卡米耶并不完全属于我。我们就像两个相互追踪的敌人，互为彼此的阿喀琉斯之踵，但永远都找不到对方。但事实上，我们有个共同的致命弱点，谁都不能触碰，否则受伤的只会是我们自己，那就是卡米耶。

在发现安妮成了妓女之前，我从来不会多看德国人一眼。我高傲地从他们身边穿过，从容不迫地看着他们把我们的保险箱掏空，抢走我们的一切，小心翼翼地选择出行时间和交往的朋友，我把这叫作尊严，叫作操守。但我并不抗争，只是最大可能地轻视他们，我的抵抗有所保留。

可从那以后，我开始接受他们的邀请，去他们办的聚会，去参加阿诺·布莱克[1]的展览和夏佑宫的音乐会，我甚至会在家里准备几顿晚餐，这让我很不齿，但我压制不了内心的恐惧。我怕安妮会勾搭上某个军官，让他来把卡米耶抢走。我必须提前做好防守准备，要多出去交际，找人为自己撑腰。为了随时随地反击，我只好做出妥协。为了卡米耶，我只能投入敌人的怀抱。为了卡米耶，让我做什么都行。有多少个夜晚，我半夜惊醒，对这个孩子的爱堵在

1　阿诺·布莱克（1900—1991），德国著名雕塑家。——译注

胸口吐不出来，它是那么鲜活，执拗，让我辗转反侧，无法安眠。

保罗永远无法理解，而我也永远解释不清。可他也从来没有清楚地告诉我，为什么不再爱我了。他的妻子是个叛徒，附敌分子。在他被德国鬼子投进监牢之时，我怎么可以做出这种事？我到底知不知道自己在做什么？昧着良心跟敌人勾结，那些把索菲带走的人。我已经不会为此而痛心疾首了吗？我的脑海中从来没有出现过“背叛”这两个字吗？

根本不是这么回事！

我冷冷地瞪着他的眼睛，那一刻，我已经知道接下来会是怎样一场恶战。他想说背叛，好，那我们就说背叛。他怒火冲天，在我身边绕来绕去，终于还是把心里话吼了出来：

“你到底跟哪个人睡过？或者说跟哪些人睡过？”

他怎敢说出口？他站在我背后，我猛地转过身，一步跨到他面前，好像一根压紧了的弹簧突然被松开，一巴掌扇了过去，狠而准，不偏不倚。我的手正中靶心，就好像这么多年来，我天天都在算计着要从哪个角度打过去才能一掌命中，精准且凶狠。

保罗是在 1942 年 8 月 20 日回来的，那时候，卡米耶已经两岁多了。当电话铃响起的时候，我完全没有想到，他已经在贡比涅，火车马上就到。他突如其来的声音，我重新燃起的与他一起生活的愿望，都叫人有点不可思议。拉瓦勒号召的“交接班”计划没起什么效果，但是带回了保罗。成千上万个苦命人中才能出这么一个幸运儿，我没有指望太多，因为回来的大部分都是农民。我已经习惯爱着那个不在场的他，也经常和卡米耶提起他。是他保证了我们三个人之间的平衡，他是我们三角关系中的第三个角，那个不在场的、完美的、可以原谅的人。可现在，他在了，不完美了，也不可原谅了。他回来之后，事情又开始复杂起来。我们母女俩哭了好久，我是因为失而复得，而她是因为他的粗暴闯入。

“为什么爸爸会在这儿？”

“亲爱的，就应该这样呀，爸爸和妈妈一样，应该和孩子生活在一起。”

“不，妈妈的床是我的，爸爸睡他打仗的床。”

和自己的孩子睡在一起是多么温柔的一件事，四肢可以伸展放松，除了安心入眠，不用思虑其他，不用担心有个男人会突然出现。要是这个男人对你一心一意，你会甘心束手就擒，甚至有时候，会觉得那是种享受，可如果出现的是个负心汉，你只会当作没看见，要么继续睡下去，要么心里一阵翻腾吐了出来，谁知道呢？

卡米耶无论如何都不让他靠近一步。每次一看到他，她就赶紧钻进我怀里躲起来。保罗很伤心，他出门的时候，她也不愿意跟他一起散步，只会用小手轻轻地扯我的裙子，满脸期待地问：

“爸爸是不是又要去打仗了？”

“不，亲爱的，他今晚就回来。”

“我想要索菲回来。”

我有点担心，危险近在咫尺。目前看来，卡米耶和她父亲的隔阂对我有利，可是过不了多久，她就会被他哄开心，两个人之间的关系也会因此变得融洽起来。有一天，她会答应同他一起去荡秋千，这时候，如果安妮躲在某个角落里看见他们的话，接下来会发生什么呢？她会快步上前，扑通跪倒在保罗面前，哀求他相信露易丝是她的孩子。保罗会问她，哪个露易丝？她就用手指指秋千上的卡米耶，卡米耶正随着秋千起起落落，小腿一会伸直一会放下，心里思忖着他其实是个好爸爸，他推秋千总比妈妈推得高。这时候，保罗发现安妮竟然这么美，她忙着要跟他解释金星饭店的事，可他却什么都不想听，只是深深沉浸在她的微笑里，和卡米耶如出一辙的微笑。他之前怎么就一点都没想到呢？这么明显。然后，他们三个人就一起离开了，手拉着手。

然后是一个灾难的夜晚。那时保罗已经回来好几个星期了，他用他特有的方式向我宣布，过去还没有真正过去。

“我今天去了趟‘旋梯’，雅克把房子维护得不错，你想的挺周到，把他留在那儿。”

我已经知道他接下来要问什么，在传到我耳朵里之前，那个句子已经在心里写出来了，几乎一字不差：

“你有安妮的消息吗？”

他是去找她的，这个名字又重新回到他的嘴边，他还没忘了她。即使这个女孩的身体已经被上百个德国鬼子蹂躏过了，他还爱着她。帘幕后亲眼所见的一幕幕又重新回到眼前，她对他的魅惑，仿佛是从一只旧箱子里翻出件孩童时期的衣服，我对他说：

“她结婚了。”

我对他复述了一遍战时代母的故事，她已经伤了一个爱人的心，现在我还要让她伤害另一个。我没其他好说的，让他相信她的心另有所属，是把他和她分开的最好办法。只有厚脸皮的人才会对一个有主的姑娘死缠烂打，有点尊严的人都会知难而退，而保罗的自尊心很强。我站起身来，走向我们的房间。

“说到安妮，她让我等你回来之后把这个还给你。我竟然完全忘了。”

我把手枪递给他，第一次，我感到他有点尴尬，第一次，他要为自己开脱。

“我的德林格，之前被我弄丢了……真高兴啊！我还一直在想到底丢哪儿了。现在看来，肯定是……肯定是在‘无墙的房间’里。”

“对，肯定是这样的。”

他不停用手指把玩这支小手枪，掂量着这件安妮弃他而去的证据。他很痛苦，想弄清楚到底是为什么，我知道他怎么想。我呢，我也很痛苦，这么多年过去了，战争还没有结束，我还得继续战斗。他们不管在哪儿都可能再次碰上，而这并不在我的掌控之中，天底下什么巧事都可能发生。我怕，什么都怕。我恨自己当初没把安妮给杀了。

尤其是那张判决书下来之后。这是我一直在关注的一个案子，大逃亡期间，有几个护士把不能走的病人弄死了。她们的辩护律师认为这是一种“集体妄想症”，当时在整个法国肆虐，而且法律上也承认这种病，这至少向大家解释了为什么会有这么疯狂的罪行。法官认可了律师的说法，认为这是可减轻罪行的情节，于是，这些护士非但没有被处死，还缓了刑。早知道，我当时就应该给安妮来一针大剂量的吗啡，根本就不用付出什么代价，今天我就可以高枕无忧了。上帝啊！这可不是什么耶稣基督的平静，而是心灵的平静，是我渴盼已久的，我想走出来，让心真的安静下来。

可是，钳子口却在以一种疯狂的速度收紧。几天之后，我接到一个家伙的电话。路易的同事，我付钱让他盯着路易。他名叫莫里斯，小伙子人不坏，但手头有点紧，他不知道，当他告诉我安妮突然出现在邮局办公室，而路易为此“心神不宁”的时候，我的心有多疼。

“谢谢，您会找到一只留局自取的信封。他们下次见面的时候，记得通知我一声。”

不会这么巧，安妮肯定有什么阴谋，要不然不可能平白无故地现身。路易很快就会知道我对他撒了谎，安妮没有结婚。他们很快就会一起来抢走卡米耶。

第二天，我又接到一通电话。

“您好，夫人。”

“怎么啦？”

“路易跟他女朋友分手了，我猜想您可能会对这个消息感兴趣。”

“我给您钱，是想知道您的朋友什么时候会再见到安妮，不是为了这些鸡毛蒜皮的小事。休想从我这占什么便宜。”

我“啪”地挂上电话。

不就是这样吗？这个女孩一出现，他就把所有其他女人踢出门了。要是保罗也找到她了呢？那么我会不会有同样的遭遇？

我在等待时机。表面上风平浪静，可是，我知道最后一步棋就要走出去了，并且没有回头的余地。我心里很清楚，这只是狂风骤雨来临前的平静，只欠一个导火索，所有故事最后都得有个了结。我就像碉堡里的一个精疲力竭的哨兵，从一个炮楼奔到另一个炮楼，从东跑到西，从南跑到北，生怕被敌人捉住。我必须要超前一段。

“喂？”

“路易和您的安妮昨晚一起吃了饭，结果被宵禁的巡逻警卫抓走了，今天早上才被放出来。他们吃了早饭，刚刚出门。喂？喂？”

“喂，我在听。您能不能赶紧说完，我不可能在电话里跟您耗上半天。”

“安妮住在杜伦尼路17号。她是家画廊的营业员，顺便说一句，这妞可不是一般的漂亮。”

“这是您的口味，不是信息。告诉我他们昨晚做了些什么？”

“我刚不是已经告诉您了吗，他们没注意时间，被宵禁的巡逻警卫逮了个正着。”

不。他们肯定是去告发我，把什么都跟警察说了。他们很快就会一起过来抢走卡米耶。也许是因为我一直没把听筒放下来，望着墙上的德林格手枪，和其他的枪挂在一起。

“谁打来的？”

保罗立在门框里，我倏地撂下听筒，回过身去。

“没人。”

我看出来他不信我的话。无所谓，我已经没有时间了，必须开始防守，他们很快就会过来抢走卡米耶，我跑去找我的大衣。

“你去哪儿？”

“买东西。”

“可我们不是要跟巴斯德一家吃午饭吗？”

“我会回来的。”

我抱起卡米耶出了门。千万不要把我和她分开。

我有点搞不懂，安妮不住在杜伦尼路 17 号，她明明住在金星饭店啊。我必须弄清楚，要是被她发现了，拉倒，要是有人跟她提起我，说有个女人抱着小女孩，她猜到了是我，拉倒，要是跟她碰个正着，拉倒。这里并没有险情，我能感觉到。

“您好，我找安妮。”

一个身穿皮草的女人拉开了帘子，染的金发已经褪色。

“我不认识什么安妮。”

“您当然认识，一个在这儿上班的年轻女孩。”

“在这上班的全是年轻女孩，您得具体点。她漂亮不，要是我妈在我这么大的时候就知道我后来会做什么，她保准要……”

我生硬地打断了她。

“我知道安妮在这里工作，她偷了我的钱，所以，要么您现在就把她叫过来，要么我就跟舍勒上尉告状去，他跟我是知交。我可不能保证这会不会毁了您这儿的声誉，如果妓院也有名声这一说的话。”

“夫人，多大的事儿啊，您可别动气。您的钱，我是真没办法……安妮，我知道她在哪儿。信不信由您，她昨晚走的，都没跟我打声招呼，害的我都来不及给她找个接班的。您知不知道她给我捅了多大的娄子？让我怎么跟那些熟客交待？这些人，精得很，一出点什么乱子，马上就都知道了。就拿昨晚来说，我告诉他们安妮不在，他们那眼神，全是不相信，就跟侵略者怀疑亡国奴有什么企图似的。安妮肯定会给我编一堆故事，我是看透了……全是这样，越是看着放心的到最后越要给你……”

我没听完。安妮已经开始行动了。她哪来的胆量说不干就不干了？为了什么？为了谁？肯定不是为了自己，我们是给不了自己这么大的勇气的。为了路易？肯定的。为了卡米耶？我确定。他们很快就会过来抢走卡米耶了。

我找到线人提供的地址，杜伦尼路 17 号。

街角站着个沿街叫卖的报童。他在那无所事事，我就让他到这栋楼里敲每家每户的门。为了完成我的任务，他跑得上气不接下气。有一对老夫妻，门是老头开的，老太太坐在房间角落里的一把扶手椅子上，有只兔子关在笼子里，它看上去比这两个人都老，好像这两个老家伙思前想后到现在，还是下不了狠心宰了它。另一间房里，住着位母亲和三个孩子，只看见两个在画画，还有一个在叫妈妈，让她过去擦屁股。另一间没有人，反正没人来开门就是了。然后呢，还碰到一个年轻人，不怎么讨喜，像是在等人的样子。这是四楼的情况。再往上，有个漂亮的姑娘，她一个人住。

“多大年纪？”

“比我大点，反正她的胸部要比我这个年纪的女孩子丰满。人特别好，还买了我一份报纸，说不想让我白跑一趟，她很温柔地跟我说的，这样，她就可以在去花园之前找点事做。”

“很好，谢谢，这是给你的。”

“最上面，还有……”

“可以了，你已经把我想知道的都告诉我了，谢谢你，小家伙。”

然后，他又回到了街角自己原先的位置上。我再次找他，说：

“也给我来份报纸吧。”

我从哪里开始呢？得找把剪刀，还有胶水。离这条路有点远的地方，我找到了一个修鞋摊子，鞋匠很乐意借给我这些，但提醒我小心点，别伤到孩子，这可是剪皮革的刀，快得很。谢谢您，先生，您人可真好。

在等报童过来报告的时候，我一直躲在这栋楼的地窖里。在预警时期，门是开着的。我现在又回去了。在鞋匠那儿，我还买了只滚轮小鸭子给卡米耶，她好奇我在做什么，所以有点碍手碍脚，不过，我最后还是按时完成了任务。

我在等安妮出门。她的背影一出现，我就上楼，小报童告诉我在五楼，柱子左边那间。就在把纸片塞进门缝的时候，我默默祈求着那个男孩不要分不清左右。和所有计划一样，这次成败只在一线之间。

我叫了辆出租车。时间刚好够我回趟家。半个小时后，我们会在花园见面，只不过她现在还不知道，这可是一次名副其实的约会。

“亲爱的，快把新买的小鸭子给爸爸看。”

“我不要。”

“要的，你知不知道，爸爸可以让小鸭子开口说话哦。”

“不，他不能让任何人说话，连他自己都不说话。”

在家里，我换了件衬衫，戴上一顶黑帽子。保罗在办公室里工作，我把卡米耶和小鸭子放在他面前的沙发上。我看着那把德林格手枪，和其他枪一起挂在墙上。

“我没法去吃午饭了。我得去趟公墓。我不能带着卡米耶，那不是她去的地方。”

“可是你这时候去公墓做什么？就不能晚点吗？”

“不能，我等不了。”

“那我拿她怎么办？她肯定要哭的。”

“如果你不合上报纸陪她玩会，她不哭才怪。”

这时，卡米耶打断了我们。

“妈妈剪报纸。”

我的心提到了嗓子眼。

“爸爸也可以剪报纸，你想看吗？”

“不想。”

我把他们俩留在了家里，一个哇哇大哭，另一个焦头烂额。“妈妈剪报纸”，幸好，她有几个字还不会说，要不然，我就要穿帮了。只是，什么都能瞒过孩子的这段时期非常短。该死！我忘记带手帕了。

我坐在长椅上等着安妮。她肯定会来，我非常确定，她会直直地站在我面前，脸色苍白，看到我一个人一身黑的时候，心怦怦直跳。果然，跟我想象中一模一样，她一个箭步冲到我面前，哑着嗓子问：

“她在哪儿？露易丝在哪儿？”

我望着她，我怎么能演出来的？我站起来，冷冰冰地一言不发。好戏开始了。

“昨晚，我把她一个人丢在保罗的办公室里，没多久，不过是去找件羊毛衫的工夫……”

“她在哪儿？”

“……我发现她的小手冰凉，这个年纪的孩子，手冷得特别快，非常非常冷。下楼的时候，我叫她，她没理我。我那时还没怎么担心，小孩子经常这样，明明听见了，却故意不回答。有时候大人不也这样吗……”

“不要再说了，告诉我她在哪儿。”

“……她躺在地上，小德林格就放在手边。她肯定是把它从墙上拽下来玩了，血从她的肚子里流出来……她死了，她肯定是扣动了扳机，肚子上中了一枪。我想不通，这怎么可能，那些枪里没有一支是装了子弹的，从来都没有。”

这时候，我抬起眼，望着安妮，我看到她根本不敢相信。她的脸色跟我的谎言一样惊悚，仿佛全身的血都被抽干了。我不知道她站在我面前愣了多久。突然，她尖叫了一声，好像一只受伤濒死的动物，跑开了。

我不敢诅咒卡米耶，只说是露易丝死了。

接下来发生了什么，只能靠猜了，但我知道，肯定一猜一个准。

她会回家。某种愁绪在街上，在酒吧里飘散，不是因为一个孩子的死。倒在床上也好，地上也罢，又或者是蜷缩在角落里，但不管怎样，她都会回家。

杜伦尼路 17 号。5 楼，左边。

踏进门的瞬间，她会踩到一张纸片。她低头，下意识地低头，同样，也是下意识地念纸上的字。我没有把纸片放在信封里，她可能连拆信封的勇气都没有，我也没把纸片折起来，她可能连展开纸片的勇气都没有。

我要让她别无选择，只能读我贴在上面的信。

这可不是什么光彩的事

会有神秘人物

告诉您新交的男朋友

跟他上床的

是个婊子

她肯定还没有向路易坦白，这一点我敢保证。只有在确定那个人永远不会回来的时候，我们才敢说出真相，而她不想失去他。他可能会嫌她脏，“妓女”这个词让人反感，特别是路易这种年轻小伙子。他想不通这两年她竟然这么不在乎名节。只有“成熟”的男人才有兴趣解救这么个小姑娘，他会以此为乐，一种从别的男人手里夺过奖品的苦涩的快乐。他这样年轻的小伙子，身边多的是清纯的姑娘，肯定不会在她身上耽搁太久的。

这封信让安妮惊慌失措，她绝不会想到是我干的。我已经有好几年没在她的生命中出现过了。现在，告密信满天飞，谁都可能写上一封。一位老顾客，一个关系不好的同事，被路易甩了的前女友。总之，“报复”与我无关。

一次吵架就可以让她和路易玩完。甚至都不用吵架，她一解释完，就结束了。可是，她刚刚得知一个不幸的消息，她肯定会放不下。露易丝已经死了，如果路易知道她做妓女的事，他一定这辈子都不想再提起她，这就是她心里的想法。

我要让她四面楚歌，无处可逃。而进攻她的，全都是她所爱的人。就在她感到美好未来如此之近的时候，我把它毁了。我很清楚，这会催生一场悲剧，一次彻底的精神崩溃。就好像我们假装要给孩子一辆小汽车、一个布娃娃的那只手，在伸出的一瞬间又缩了回来。愤怒，哭喊。世界末日。露易丝，路易，所有这一切同时崩塌殆尽。

接下来的一切，她都要一个人承担。她走出房间，骑上自行车，一直到尼斯蒙，投河自尽。

直到第二天早晨雅克打电话来的时候，我才知道安妮跳河身亡，尸体已经被找到。

我不知道是谁告诉他的，他们从来都没见到尸体。村里的谣言是不可信的，就像卡米耶和我玩的“传话游戏”，我们永远都不知道最初的那句话是什么时候走样的。

我没有想到她真的会死，我只是想找个办法让她滚得远远的，永远别回来，越快越好。

把这些罪恶都压在她身上，那些最深重的恶，把她逼上绝路，只能一死了之。这种心理战术跟其他战术一样，不会更容易失手，而只会让我的计划完美。完美到我觉得自己根本不用为之负责。也许，我是对的。

只有在事后，余味才会慢慢渗出来。就好像战时，危急时分，不容许丝毫的瞻前顾后，必须用最直接的方式思考，即刻采取行动。只有在一段时间之后，有了转圜，余味才会慢慢沉淀下来。看清灵魂的状态需要时间、距离、镇静和镜子。和其他女人一样，我常常会看镜子里的自己，但不总是为了同一个原因。看着自己，我依然不敢相信那些罪恶竟然出自我的手，要知道过去的那个我，连一个小小的谎都不敢撒。也许我就像那些最为大家宽宥的惯犯一样，在新环境里遇到了新冲突，照样会杀人。在一些具体的情境中，人的另一面会显现出来，变得疯狂，直到冲突消失为止。

不过，当我把这称之为“余味”的时候，也就意味着，到此为止，我依然没有自责，也没有负罪感，我依然坚持认为是保罗和安妮两人把我逼到这一步的，我相信，一个被爱人背叛的人有权采取任何报复行动。

我没有告诉保罗安妮自杀了，他肯定会以为这是为了他，然后，他们俩的故事还有他的痛苦也就因此而永恒，美好，浪漫。我要让这个故事变得平凡，庸俗，普通。安妮跟另一个男人跑了，这才是他应该相信的。我不想让我最恨的敌人死了，这样就有人可以接替她，但却永远无法与之比肩。

我编造的真相，保罗不曾有过任何怀疑。

他对卡米耶也从未有过半点猜疑，或许，是他从来不表露出来吧。一年年过去了，有意无意地发现女儿和自己曾经爱过的女人越长越像，就像一只纠缠不休的鬼魂终日游荡在他永远无法企及的地方，他一定陷入了某种荒诞的痛苦之中。在女儿身上看见自己的情人，他一定会万箭穿心却又五味杂陈。

有时候我都不敢相信，我们的家庭生活也曾经非常美满，而且那段时光也并非转瞬即逝，我们有过发自真心的欢乐开怀，也有过会相互传染的纵声大笑。

然后，皮埃尔出生了，这仿佛是阴雨天里的日出云开。皮埃尔是我的儿子，我和保罗两个人的。

知道自己怀孕的那一刻，我把卡米耶紧紧搂在了怀里，就好像是她跟我做爱，才让我有了这个孩子一样。她非常重要，如果没有她就不会有皮埃尔，和很多“不孕”妇女一样，当我已经不抱希望的时候，他来了。

保罗也努力过，但后来又变回了老样子。

他酗酒。

我总是不敢承认，万事皆由一线相连，而事实的确如此。他忘不了安妮，所以在越南战争中自杀了。孩子们非常伤心，而我，更是痛不欲生，我不敢相信这是真的。今天的卡米耶已经出落成一个颇具魅力的女人，她热情又充满活力，也许面对生活时，并不总是这样，但工作中的她，有目共睹。她是个编辑，当她告诉我怀上孩子的时候，我多么希望她口中的孩子是本要出版的新书。

这么多年来一点一点的努力，让我终于找回了内心的平静，可就在那一瞬间，我身体里所有的魔鬼又都活了过来，迅疾而暴烈。

我对新生儿的潜在心底的恐惧又重新探出了头，丝毫未减，来势汹汹。

过往种种，我已经不想再重来一遍。我老了，而我的谎言又生出了一张新面孔。此时此刻，这个谎言触及到的人只有一个，就是卡米耶。

我不希望我的谎言比我活得更久，谎言的宿命，就是被人拆穿，而不是变成颠扑不破的真理。关于人类的真理会永存于世，而人类却永远无从得知。我不可能斩草除根，让所有人断子绝孙。要想真正活一次，人就必须要知道自己从何而来，卡米耶的身世让我对此确信不疑。

所以，如果我哪天遇到什么不测，确切是哪天您很快就会知道，我求您把我今天对您说的一切都告诉卡米耶，只有您能够做这件事。我知道很难，但请您把这看成是我的遗愿。求您了，要诚实，一字不差地说给她听，无论这个故事有多么残忍恶毒，无论故事中的我有多么残忍恶毒。跟她讲讲她的母亲，她两个母亲的故事。千万别想着用好话来安慰她，您不用自责，也无需为我而感到自责，您没有错。她也许会忧心，甚至会憎恨。但是您别担心，我保证她会走出来的，我女儿很坚强，她跟她母亲一样，是个无坚不摧的女人。

如果听了这个故事后，她摇摇晃晃站不稳，她肚子里的孩子也会迫使她撑下去的。相信我，请告诉她我爱她，求您了。永别了，先生，永别了，年轻人，请原谅我。

一切都清楚了，肮脏，但清楚。话音刚落，您的母亲就起身往门外走去。我目送她远去，她缓慢的步伐里浸透了疲倦。然而，她像所有知道自己将往何处去的人一样，一路向前。我很确定，她知道自己接下来会做什么。讲完这个故事，她的人生就将画上一个句号。我做什么也不能让她回头。

整整一个晚上，我都在伏案疾书，在这本练习簿上把您母亲的话一字不落地记下来，密密麻麻的字挤在一起，页页都是黑压压的一片。我感觉自己回到了很多年前，又坐在了拣信的办公桌前，在撕毁那些可能连累他人的信件之前，把信的内容一字一句记在心里，然后趁着夜色，穿上我的毡底鞋，找到收信人的地址，把信的内容背诵给他们听。

路易

我把信合上了。我猛敲身后一辆车的车窗，直奔教堂。

我想象中的教堂比眼前的这座更宏伟。狭长，拥挤，低矮。全木质结构，像个窝棚，并不惹眼，但确实漂亮。

我本想一个人待着，却忽然听到从教堂里传来一阵乐声。站在教堂的入口，异常柔和的光线和一排排空空如也的椅子，让我内心平静了下来。我进了门。木质的长方形结构，教堂中堂，祭坛，没有下沉的部分也没有楼层。圣罗西的雕像就端放在一扇彩绘玻璃窗的下面，他的忠实伴侣狗用嘴掀起他的斗篷，把他的伤口呈给世人看。圣水盘里还有水，沁凉。在画十字的时候，我的手指在额头多停留了一会儿。

就在我面前，祭坛的旁边，有一个男人在弹管风琴，我只能看见他的背影，是位牧师。尽管没穿长袍，但白色的领子还有他演奏的方式，叫人不能怀疑他的身份，我能嗅出那浓浓的宗教意味。

我走近几步，停下。我看着这个男人的手指在琴键上自由地舞动着，他宽宽的颈背，浓密的灰白的头发。我一下子就认出了他。

信里散发出的那难以描述的木质馨香。

厚重的木门上贴着张纸，上面有手写的“忏悔时间”，在一堆小写字母之间藏着一个大写的“R”，就是它让我的生活发生了彻底的改变。

就是他。路易。

他的手臂突然悬在琴键上不动了，音乐也戛然而止，是不是察觉到有人在看他？我跑了出去，他回头了吗？我发动了车。

路易千辛万苦地隐藏自己的身份，不希望我找到他，我不想违背他的心愿，不想在我什么都知道的时候。

“各得其所”，他说。许多年前，在这座教堂里，他爱上了安妮，她那时也是背对着他的。路易有权要求别人给他平静。妈妈的忏悔，让他再一次被回忆湮没。我不想站在他面前，强迫他见到一个跟他曾经深爱的女人如此相像的人。

后视镜里的教堂越来越小，在这里，母亲终于解开了曾经的心结，找到了可以替她传话的人。

练习簿就放在副驾驶的位子上，已经翻开了。路易的字迹，妈妈的故事，都是那样无情。方向盘突然擦了一下我的肚子，我的孩子。母亲为了我杀了人，她又为了我的孩子自杀了。

妈妈已经打定了主意，要在拐弯的地方加速，并且不踩刹车。

是她父母出车祸的那个拐弯，因为这条路并不是她常走的那条。最终，妈妈还是步了爸爸的后尘。到底有多少死于“车祸”的人其实都只是想了结自己对于亲人的负罪感?

我开往湖边，湖水一望无际。我总在想象安妮的身体就安静地躺在湖底的某个角落。泪水顺着脸颊滑落，我停下车。我重新读了一遍练习簿上的故事，每一句话都让我透不过气来。我的弟弟皮埃尔直到今天还在说我是妈妈的最爱，他不知道我有多么希望自己是她的亲生女儿。湖面上倒映着天空。突然，一朵灰沉沉的云飘到了水面上，我把眼睛从练习簿上移开，湖神是不是把安妮托出了水面，要把她还给我? 不，只是一群丹顶鹤飞了起来。整个宇宙的暴风骤雨都在我脑海中汇聚不散。丹顶鹤越飞越高，无人编舞，却飞出了最优美的舞姿。我也是一只候鸟，被迫飞离自己的母亲。妈妈，为什么不能把我留在你身边?

一只小飞机在我停车地的附近着陆了，大地已经让我厌倦，我向往天空，因为那里住着所有我爱的人。于是，我加入了飞行。那个飞行员非常迷人，一刻钟，半个小时? 一个小时。他说起这个湖如数家珍，再也找不到比他更好的向导了。“太棒了”，他扶我上飞机的时候，我大叫了一声。才七个月，没关系的，我不可能在那么高的地方把孩子生下来。他肯定是个小男孩，并且很可能是一位未来的飞行员。

我看着水面渐渐离我远去，有一种博大而宏伟的美感，让人惊叹。从此人与湖水两相隔，我感到非常孤独。戴着耳机的飞行员伸出手，给我介绍这个景点：尼斯蒙教堂，幸免于难的木结构教堂。我已经知道它的故事了，谢谢。

“看，有光”，夕阳西下，飞行员指着火烧一般的晚霞对我说。我把耳机推到肩头，我不想听，只是让那本练习簿跟自己贴得更紧些。我的孩子总在踢我，于是，我把手放在肚子上想抚慰他。飞机越升越高，每个句子都在我脑海中跳跃着，碰撞着。慢慢地，一切都亮了起来。看，有光。

保罗说：
“好吧！我想做个称职的丈夫，
如果你觉得我应该和这个女孩睡觉，
那好，我答应你，
但仅此一次，下不为例。”

保罗很清楚要做什么
约定的那天，他提前从编辑部回家
客厅里，神色坚定
“来吧。”
没有时间看一眼伊莉莎白
没有一刻拖延
他没有回头
安妮毫不迟疑地紧随其后

他第一个走进“无墙的房间”
那里已不是原来的画室
在他面前的
在画架和浓重的油彩味之间的
是一张床
他回过头，眼睛眨个不停
他向厚重的帘幕走去
掀了帘幕，打开其后的窗
透气

他站在窗前
就像他习惯站在

客厅的壁炉前一样
这是喜爱直立的天性
这是保罗的天性

突然，平纹细布，双层帘幕
飘到窗外，在风中轻舞
只有顶端被固定住
保罗的眼睛盯着窗帘
他说话了
但咄咄逼人
此情此景让他失控
特别是当着这个女孩的面
这个给伊莉莎白出坏主意的女孩

我不知道你想得到什么
但我们之间什么也不会发生
我们在这儿待几分钟
然后我先出去
你等会儿再走
假装需要时间整一整衣服

屋里的寂静沉重如铅
唯有帘幕轻盈
在保罗眼前摇曳

几分钟后
保罗向门外走去

转身之前，恶狠狠地
威胁安妮
不要告诉伊莉莎白真相

保罗把门带上
他回到客厅
站在壁炉前
那是他的老地方，终年不变

伊莉莎白看着他
好像看一个忠于习惯的叛徒
不曾有一刻想到
他其实是忠于某个习惯
那就是她
那天是 4 月 9 日
柴架是空的
屋外太阳炙烤着大地

5 月 9 日，保罗算准了日子
向伊莉莎白宣布安妮没有怀孕
他以为结束了，不会再有下文
他没想到这样一个问题

“你是怎么知道的？”

保罗慌了几秒钟
想到自己曾站在“无墙的房间”

站在飘啊飘，飘啊飘
飘啊飘的帘幕前

“如果安妮没有怀孕，
就把房间的窗帘束起来
这样，晚上我经过小路时，
一看见窗帘没放下来，
就知道是怎么回事，然后转告你。
这是我们的约定，
在……之后，你知道的……
我和她仅此一次，下不为例。”

保罗撒了谎
这个暗号
这次约定都是他编出来的
只为了解释自己是怎么知道
安妮没有怀孕

要不是这个消息让伊莉莎白慌乱不安
那天早上她也许会注意到
保罗没有像往常那样站在壁炉前
而是靠在窗前

伊莉莎白本可以
从这个异常的举动猜到
保罗等安妮出现在小路上
在大厅把她截住

对她说窗帘的事
不让她露马脚

“我通知了伊丽莎白你没怀孕
还跟她说了窗帘的事
你束起窗帘
是给我的暗号。”

保罗拽住安妮的手臂，不让她走
打着手势向她解释
可安妮挣脱了
没有在大厅里多待一秒
在以前的早晨
他总是用不礼貌的“你”称呼安妮
傲慢的态度令人鄙夷
安妮厌恶这个男人
她已经明白
伊莉莎白不会原谅他
她比他更了解他的妻子
于是，她用异常镇定的语气说

“我同意
我同意我们继续
直到怀上孩子为止。”

和这个粗鲁的人对着干
再次单独面对面

让目中无人的他也尝尝
她用“你”称呼他的滋味
保罗因她的冒犯而痛苦
眼睛眨个不停
他走出了房间

保罗确信安妮没有怀孕
根本不是因为“窗帘之约”
而是因为什么都没有发生
第一次在“无墙的房间”里，他和安妮之间
可是爱情与理智从来不会同在
伊莉莎白的想法却恰恰相反

哪一个动作？
哪一个字眼？
哪一次沉默？
让保罗和安妮相爱
只有他们自己知道
从他们开始相爱的那一刻
保罗的谎言蜕变为事实
平纹细布窗帘，暗号
成了他们的约定

当她偷窥这对情人
用避孕的方式做爱时
伊莉莎白从没听到他们压低的声音
听不见他们的私语，她心里只有恼怒

愤怒掩盖了关键
他们独处时的窃窃私语
带着不安和疑虑
明明只有他们俩
为何要这般悄声细语？

伊莉莎白本应能听到
那看不见的证据
只可惜她从未怀疑
约会的惯例
两人背着她另行约会
因为那些周六远远不够
他们需要独处
但那天伊莉莎白也会留在“旋梯”

晚上，保罗经过小路
如果“无墙的房间”的窗帘是束好的
在风中微微晃动
那表明今晚
女子等着她的情人

看，有光

路易疯狂地蹬着
池塘就在几百米之内了
在经过“旋梯”的时候
他下意识地慢下来

他四处搜寻她的自行车
会不会就靠在墙边
可是没有人影
只有某个房间的窗帘
在飘荡
拍打着窗框
像个鬼魂

如果一个房间的窗帘
飘舞着
拍打着窗框
那表明女子在等着她的情人

安妮没有死

石头——布——剪刀
水
安妮的尸体一直没有浮上来

雅克却告诉伊莉莎白
她的尸体被找到了

伊莉莎白本该猜到
村里的谣言无孔不入
不知从哪一刻起真相就走了样

雅克，也许正忙着布置
逮猎兔的陷阱，也许正砍着柴
看见安妮慢慢靠近池塘
自行车扔在地上
纵身跃进池塘
沉入最危险的地方

他以瘸腿所允许的
最快的速度狂奔过去
跳进了满是淤泥的水里
他找不到她
摸了半天
双手才触到安妮的身体
塞满石头的沉重身体
他救了她
把她带到“旋梯”
安妮意识不清
重复着同一句话
雅克照做了
尽管冷风刺骨
打开窗户
打开窗户
打开窗户
窗帘像相爱时那样飘了起来
女子等着她的情人

妈妈怀我时，父亲已经上了战场

他留下了小德林格手枪
如果我是个男孩
就把它放在衣袋里
他以不同的方式
爱着两个女人
这两个女人
还不知道
我即将到来
只有他知道
我是爱的证据
我是恨的证据
妈妈怀我时，父亲已经上了战场

安妮没有死
某天伊莉莎白突然发现了
在我公寓楼下
她的脸一下子刷白
院子里的人影
混在一千个人里，她也能认出来
上楼时，她紧紧搂住我的胳膊
它已经不像那时候一样细小
和她的母亲一般无坚不摧
伊莉莎白是对的
换到另外一个花园也没用
安妮从来没让女儿走出过她的视线

她放弃了做母亲的资格

她将宣告做外婆的资格
婴儿的出生会暴露真相
伊莉莎白知道
她已经没有气力再战斗
消失，让出外婆的位置
她能做的只有这些

安妮从来没让女儿走出过她的视线
玻璃门的后面
她对我说再见
看着窗帘飘舞
我心想
家里最后留下来的那个
永远不会被别人写进吊唁信里致哀

安妮从来没让女儿走出过她的视线
在她住所的玻璃门后面
她对我说了再见
我的母亲没有死
昨晚她还把我的毛衣送了过来

看，有光